U0098157

世界文學
經典名作

動物農莊

ANIMAL FARM
GEORGE ORWELL

喬治・歐威爾　著
賈非凡　譯

前言

——「預言大師」喬治·歐威爾

《動物農莊》創作於一九四三，到今年剛好整整八十年。本來是一部諷刺的小說，主要是批判當時蘇俄的史達林和史達林主義。可是如今重讀，竟看到我們有些熟悉的國家，簡直就是小說的翻版，真是處處怵目驚心！

即使在我們最熟悉的這塊號稱自由民主的土地上，也不乏有小說的影子。例如，執政者的獨斷、一意孤行、放縱屬下、貪汙舞弊、聲東擊西與企業掛勾、坐地分贓，坑殺盲目的投資者，而打擊異己更是不擇手段，把國家機器當成自己的私械使用……

然而，狂熱的擁護者，就像擁護受尊敬的拿破崙一樣——

「把豬當成偉大的領袖！」

讀來，實在令人不勝唏噓！像書中的豬一般的聰慧過人，每每以魔術的統計數字欺騙大眾，讓大眾心甘情願、死心踏地的為「抗人類保獸類」為由，而毫無怨言地賣命工作……並且沾沾自喜、愚昧至極！

再說，豬自從由豬舍搬入瓊斯莊主的豪華大寢室之後，即常常神龍不見首尾，很少露臉，背地裡享受奢華、大施淫威，並發布更長的勞作時間指令，且步步縮減糧草，儘管「這時」比被人（瓊斯）管的時候更辛苦好幾倍……但愚昧的禽獸，在人人可以「當家作主」美好的口號下，仍一廂情願地努力幹活，死心踏地的服從這頭「豬」，直到有一天，他們發現這頭豬竟然和別人在喝美酒數鈔票時，他們才知道大夥兒被出賣了，「抗人類保獸類」根本就是一個假議題，從頭到尾這都是一齣超強的「大騙局」！而此時此刻，他們已分不清是夢、還是現實了……

關於本書

動物農莊（英語：*Animal Farm*），又譯動物農場，是英國作家喬治・歐威爾創作的託寓小說，在一九四五年8月17日正式於英國出版。歐威爾稱，此一寓言反映了一九一七年俄國革命至踏入史達林時期的歷史事件。雖然歐威爾是一位民主社會主義者，但他對史達林和史達林主義持批判態度。歐威爾參加過西班牙內戰，正是這段經歷讓他對史達林主義獲得更深入的了解並對其進行批判。他認為，蘇聯已是慘無人道的獨裁統治，而這種統治手段建立在對史達林的個人崇拜和大清洗上。

歐威爾在一封寫給伊馮娜・戴維的信中，稱《動物農莊》為一則諷刺史達林的故事。他在一篇隨筆《我為何寫作》中表示，《動物農莊》是他第一

次有意識地嘗試把「政治目的和藝術目的合二為一」的著作。

這本書的原標題為《動物農莊：一個童話故事》（Animal Farm: A Fairy Story），但美國的出版商在一九四六年出版時把副標題去掉。此為歐威爾一生中唯一接受的轉譯版本。其他名義上的副標題變化版本，則包括「一種諷刺」、「一種當代的諷刺」。

喬治·歐威爾於一九四三年11月至一九四四年2月間創作本書，當時因為二戰德國和西方盟國及蘇聯處於戰爭狀態，使得英國同蘇聯是同為一陣營，而英國的百姓和知識分子都對史達林評價很高，這一現象讓歐威爾十分厭惡。本書的手稿，起初還被許多英美出版商拒絕出版。但本書終於問世以後獲得了巨大的成功，其部分的原因是因為德國被擊敗了，英國等西方民主世界開始了和蘇聯的共產主義陣營開始冷戰。

喬治・歐威爾從一九四三年冬天起開始執筆撰寫《動物農莊》。書成之後，他向許多家出版社一一投稿，但都遭退回，其中一家出版社還寫信回應表示：「我認為以豬影射統治階層會得罪很多人，尤其是像蘇聯這樣難搞的政府。」後來，歐威爾找到一家小型獨立出版社 Secker and Warburg 的老闆弗雷德里克・沃伯格，對方終於願意出版此書。於是《動物農莊》於一九四五年8月在英國正式出版，很快成為暢銷書，初版的四千五百本，在幾天內銷售一空。

《時代雜誌》將《動物農莊》評選為一九二三～二〇〇五年之間的一百佳英文小說；它亦在20世紀百大英文小說中排第31位。它在一九九六年贏得了追頒雨果獎，此外也包括在西方世界偉大著作名單之上。二〇一八年，日本漫畫家石之森章太郎所作《動物農莊》漫畫版被重新出版。

故事始於英格蘭威靈頓的一個曼諾農莊。由於主人瓊斯先生管理不善、終日酗酒、不負責任，故激起了農莊內動物的造反意識。在某一夜，曼諾農莊裡的一頭老公豬「老梅傑」（Old Major）將動物們召集起來開會，宣布人類是動物的敵人，故號召動物們要推翻人類，並教會了動物們一首革命歌《英格蘭之獸》（Beasts of England）。老梅傑死後，兩頭年輕的豬，分別叫做雪球和拿破崙，成為了動物們的領袖，並發動起義。最終成功把瓊斯先生趕出了農莊，然後把農莊更名為「動物農莊」。

他們採用了「動物主義七誡」為律法，其中最重要的一條是「所有動物一律平等」。這七條律法以大寫的形式寫在穀倉的一側牆壁上。雪球之後開授課程，教動物們讀寫；拿破崙則自行教育小狗動物主義的原則。動物們食物充足，農莊運營良好。豬們把自己提拔到了領導的位置，並給自己留出了特別的食物供應，他們在表面上稱這是為了自己的健康。

一段時間之後，瓊斯先生和他手下的人嘗試著重新奪回農莊，同時，其他農莊主因為害怕相似的動物起義發生在自己的農莊，也來幫助瓊斯。雪球和其他動物先是躲藏起來，隨即發動了突然襲擊，把剛剛進入農莊的人類打得落花流水。動物們勝利了。雪球的支持率猛增，這場戰鬥被正式命名為「牛棚戰役」。在動物起義的周年紀念日，動物們決定鳴槍紀念。雪球和拿破崙為了最高領導人的地位互相競爭。雪球有一個計劃，那就是興建風車，讓農莊變得現代化。當雪球宣布他的計劃時，拿破崙讓他餵養的狗驅逐了雪球，並宣布他自己就是領導人。

拿破崙改變了農莊的領導結構。他取消了動物大會，取而代之的是一個由豬組成的委員會，由豬來運營農莊。拿破崙以一頭叫斯奎拉（Squealer）的豬代言宣布，農莊將開始進行興建風車的計劃。動物們工作得十分賣力，因為拿破崙承諾，風車建成後動物們的生活將會變得更加輕鬆。一場猛烈的

暴風雨後，動物們發現風車倒塌了。（動畫版改為被瓊斯的炸藥炸毀）拿破崙和斯奎拉隨即讓動物們相信，這是雪球在蓄意破壞他們的工程。自從雪球成為替罪羊後，拿破崙開始利用他手下的狗來清洗農莊，殺死那些被他指控同雪球有私交的動物。

當一些動物回憶起牛棚戰役時，拿破崙不斷污衊說雪球是瓊斯的通敵，並把他自己荒唐地當成這場戰鬥中英雄的代表，（而實際上拿破崙自己在這場戰鬥中躲藏得無影無蹤。）「英格蘭之獸」這首歌被一首讚頌拿破崙的歌曲所取代，拿破崙卻開始像人類一樣生活。動物們仍然相信他們的生活比在瓊斯統治下的生活好。

弗雷德里克先生（Mr. Frederick）是附近一個農莊的農莊主。他攻擊了動物農莊，並用火藥炸毀了重建好的風車。儘管動物們在戰鬥中獲勝，但他們付出了巨大代價，包括一匹叫做拳擊手（Boxer）的馱馬也受傷了。但拳

擊手不顧傷口，仍然不辭辛苦地工作，直到他在建造風車的過程中累倒。拿破崙派了一輛貨車送拳擊手去看獸醫，並解釋說，這樣拳擊手可以得到更好的護理。一頭憤世嫉俗的驢子——班傑明——能夠像豬一樣閱讀，而他卻發現，這是輛屠宰場的貨車，並徒勞地嘗試著救下拳擊手。很快，斯奎拉就讓動物們相信，這輛車是動物醫院從屠宰場買來的，而屠宰場的標識並沒有被塗改。隨後，斯奎拉告訴動物們拳擊手在動物醫院安詳去世了。

豬們在拳擊手死後舉行了一天的節日慶典，來深刻讚揚動物農莊取得的光輝成就，並要求動物們像拳擊手一樣刻苦地工作。然而，事實上卻是拿破崙把拳擊手賣給了屠宰場，賺來鈔票好給統治集團裡的豬們買威士忌喝。（在20世紀40年代的英國，農莊可以通過將大型動物賣給屠宰場賺錢，而屠宰場會把動物殺死，並將它們的殘骸煮沸，製成動物膠。）

許多年過去了，風車已被重建，同時另一座風車在建，農莊的收入非常

可觀。但是，雪球曾經提及的，包括給畜欄掛上電燈，供應熱水和自來水的設想已被忘記，而拿破崙不斷鼓吹說，最快樂的動物應當過著簡單的生活。

拳擊手死後，許多參加過動物起義的動物也已死去，瓊斯也客死他鄉。豬們越來越與人類相似，他們直立行走、手持鞭子、身著衣服。

「七戒」被簡化為一句簡單的話：「所有動物一律平等，但一些動物比其他動物更加平等。」

拿破崙舉辦了一場晚餐宴會，豬們和當地的農莊主一起慶祝著他們的剛剛建立的盟友關係。於是，拿破崙廢除了革命的傳統和理想，並將動物農莊重新命名為「曼諾農莊」。

動物們看著與人類平起平坐的豬，再看看人類，這才意識到，他們再也不能辨別哪個是豬，哪個是人了……

作者簡介

喬治・歐威爾（George Orwell；一九〇三年6月25日－一九五〇年1月21日），本名埃里克・亞瑟・布萊爾（Eric Arthur Blair），英國左翼作家，新聞記者和社會評論家。他的作品以清晰的散文、尖銳的社會批評、反對極權主義和直言不諱地支持民主社會主義為特點。

歐威爾創作了許多文學作品，其中包含各類文學批評、詩歌、小說及諷刺新聞。《動物農莊》和《一九八四》為歐威爾的傳世作品，他在書中以辛辣的筆觸諷刺泯滅人性的極權主義社會和追逐權力者；而小說中對極權主義政權的預言在之後的五十年中也不斷地與歷史相印證，所以兩部作品堪稱世界文壇政治諷喻小說的經典之作，其影響絕不僅僅局限於文學界。

他在小說中創造的「老大哥」、「新話」、「雙重思想」等詞彙，皆已收入英語詞典；而由他的名字衍生出的「歐威爾主義」、「歐威爾式的」等新詞，甚至成為日常通用語彙。

一九〇三年埃里克・亞瑟・布萊爾生於英屬印度孟加拉管轄區莫蒂哈里（今屬印度比哈爾邦東查姆帕蘭縣）一個政府下級官員的家庭，父親理察・布萊爾（Richard Walmesley Blair）為印度總督府鴉片局副代理人，母親梅培爾・李莫桑（Ida Mabel Blair，Ida Mabel Limouzin）為緬甸木材商之女，具英、法兩國血統，家中育有兩女一男，家境並不寬裕，歐威爾自稱家庭屬於「中產階級偏下（下層中產階級）」，即沒有錢的中產家庭」。

一九〇四年除了父親仍任職於印度總督府的鴉片局外，全家返回英國牛津郡泰晤士河畔亨利。由於無力就讀貴族學校，一九一一年，歐威爾只能進入一個二流的私立寄宿學校聖・塞浦里安預備學校，寄宿學校帶有許多極權主義社會的特點，鞭子教育、等級制、恃強凌弱、規範化、反智等等。

一九一四年，11歲的歐威爾首次在地方報紙上發表一篇詩作《醒來吧，英國的小伙子們》。

一九一七年，歐威爾依靠自己的努力考取獎學金，進入英國最著名的中學——伊頓公學，但他窮學生的背景使他備受歧視。早年的經歷令他同情社會底層，呼喚平等和人性解放思想的形成和對極權主義的認識有著極其重要的影響。

一九二一年，從伊頓公學畢業後，沒有申請牛津或劍橋獎學金，家庭經濟狀況無力供他升學，只得投考公務員，加入了英國在緬甸的殖民警察，服役五年。作為一位英籍警官，他享有很多特權，能夠近距離觀察審判、笞刑、監禁和絞死囚犯，這一階段的經歷讓他細緻地觀察到了人性中殘暴的一面；對西方的殖民主義政策產生了反思；更進一步地認識了極權主義。在緬甸的經歷讓他認識到了殖民主義罪惡的一面，並因此在一九二七年離開了殖民警察部隊。緬甸的經歷為他寫作《絞首刑》（一九三一年出版）與《射

象》（一九三六年出版）提供了題材。

一九二七年，離開公職的歐威爾回到英國，開始了長達四年的流浪生活，在這四年裡他輾轉英國本島和歐洲大陸，深入社會底層，先後做過酒店洗碗工、教師、書店店員和碼頭工人，但他的上層社會身份和在伊頓公學形成的貴族口音使他很難被底層社會真正接納。不過這一段時期的經歷仍然使他深切地感受到了社會整體對於個人的壓力和普遍的社會不公並且最終接受了社會主義思想。歐威爾自己曾經提到「貧困的生活和失敗的感覺增強了我天生對權威的憎恨，使我第一次意識到工人階級的存在」。

一九三六年，小說《讓葉蘭飄揚》（Keep the Aspidistra Flying）出版，反映書店店員和流浪者的經歷，受到當時評論家康普騰・馬肯吉注目。為雅德爾菲等雜誌撰稿。受比克托爾・高蘭茲之託，在一月去北部的雪非爾德、曼徹斯特、里斯、威根，等煤礦工業都市，觀察不景氣下的工人生活、失業情況。六月，與艾琳・奧蕭內西結婚，離開倫敦，移居赫特福德郡，寫作兼

營雜貨店。

同年，西班牙內戰爆發後，經獨立工黨介紹，歐威爾成為幾千名國際志願者中的一員參加了西班牙共和軍，支援反佛朗哥的西班牙內戰。後來，奧維爾將他在西班牙的經歷寫成《向加泰隆尼亞致敬》，揭露了共產國際一些關於西班牙內戰的謊言，這也是奧維爾的成名作之一。

一九四四年，經歷了西班牙內戰和第二次世界大戰的歐威爾寫成了《動物農莊》一書，這本書成為歐威爾個人寫作史上的一座里程碑，標誌著他的文字從單純地關注底層社會的生活，轉向了捍衛真正的民主社會主義，在一九四七年他為《動物農莊》烏克蘭語版的序言中寫道：「在過去十年中，我一直確信，如果我們想使社會主義運動恢復生機，就必須得摧毀俄國神話。」此書早在一九四四年即寫成，但遭到四家出版社拒絕，直到一九四五年，辭去《論壇報》編輯的職務，任職隨軍記者赴歐洲，直到納粹德國潰敗。愛琳死於英國。八月，《動物農莊》出版，頓時好評如潮。一九四六年

到四八年，舊病復發並惡化，輾轉蘇格蘭數處療養，並開始創作反烏托邦主義的經典代表——《一九八四》。

一九四八年，歐威爾寫成了他的傳世名著《一九八四》。在這部作品中，歐威爾描繪了一個極權主義達到頂峰的可怕的社會，在這個社會中思想自由是一種死罪，獨立自主的個人被消滅乾淨，每一個人的思想都受到嚴密的控制，掌握權力的人們以追逐權力為終極目標並對權力頂禮膜拜。

《一九八四》出版之後歐威爾在給朋友的信中曾經提到過他撰寫這本書的初衷：「我並不相信我在書中所描述的社會必定會到來，但是，我相信某些與其相似的事情可能會發生。還相信，極權主義思想已經在每一個地方的知識分子心中紮下了根，我試圖從這些極權主義思想出發，通過邏輯推理，引出其發展下去的必然結果。」

《一九八四》耗盡了歐威爾的全部精力，在一九四九年該書出版後不久，一九五〇年一月，歐威爾去世於倫敦大學醫院。

第一章

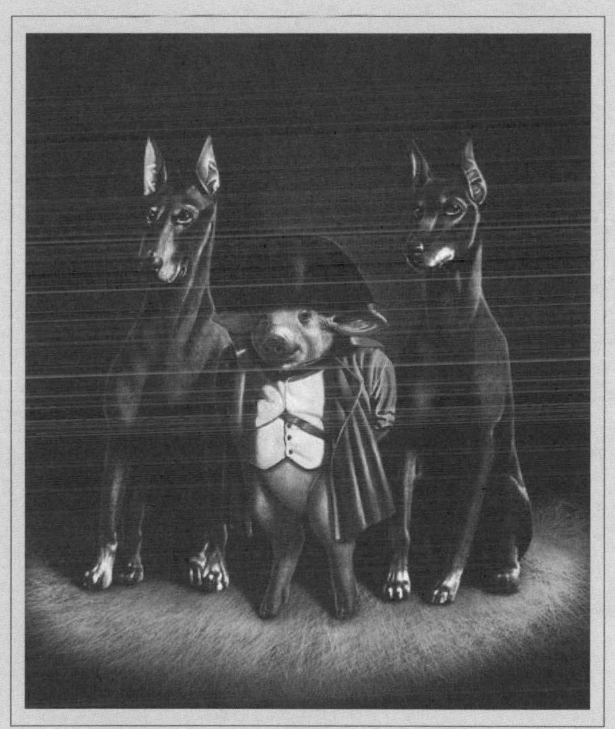

故事發生在「曼諾莊園」裡……

故事發生在曼諾莊園裡。這天晚上，莊園的主人瓊斯先生說是已經鎖好了雞棚，但由於他喝得醉醺醺地，竟把裡面的那些小門都忘了關上。他提著馬燈踉踉蹌蹌地穿過院子，馬燈光也跟著一直不停地晃來晃去，到了後門，他把靴子一腳一隻踢了出去，又從儲藏室的酒桶裡舀起最後一杯啤酒，一飲而盡，然後才爬上床去。此時，床上的瓊斯夫人已是鼾聲大作了。

等那邊莊主院臥室裡的燈光一熄滅，整個莊園窩棚裡就泛起一陣撲撲騰騰的騷動。還在白天的時候，莊園裡就風傳著一件事，說是老梅傑，就是得過「中等白鬃毛」獎的頭雄豬，在前一天晚上作了一個奇怪的夢，想要傳達給其他動物。老梅傑（他一直被這樣稱呼，儘管他在參加展覽時用的名字是「威靈頓之光」）在莊園了一直德高望重，所以動物們為了聆聽他想要講的事情，都十分樂意犧牲一小時的睡眠。當時，大家都已經同意，等瓊斯先生完全走開後，他們就到大穀倉內集合。

在大穀倉一頭一個凸起的檯子上，梅傑已經安穩地坐在草墊子上了，在

他頭頂上方的房樑上懸掛著一盞馬燈。他已經十二歲了，近來長得有些發胖，但他依然儀表堂堂。儘管事實上他的犬牙從來沒有割剪過，這也並不妨礙他面帶著智慧和慈。

不一會，動物們開始陸續趕來，井然有序地按各自不同的方式坐穩了。最先到來的是三條狗，藍鐘、傑西和平哲，豬隨後走進來，並立即坐在檯子前面的稻草上。雞栖在窗臺上，鴿子撲騰上了房樑，羊和牛躺在豬身後並開始倒嚼起來。兩匹套四輪貨車的馬，包克斯和克拉薇，一塊趕來，他們走進時走得很慢，每當他們在落下那巨大的毛乎乎的蹄子時，總是小心翼翼，生怕草堆裡藏著什麼小動物。

克拉薇是一匹粗壯而慈愛的母馬，接近中年。她在生了第四個小駒之後，體形再也沒有能恢復原樣。包克斯身材高大，有近兩米高的個頭，強壯得賽過兩匹普通馬相加，不過，他臉上長了一道直到鼻子的白毛，多少顯得有些戇厚相。實際上，他確實不怎麼聰明，但他堅韌不拔的個性和幹活時那

股十足的勁頭，使他贏得了普遍的尊敬。

跟著馬後面到的是白山羊穆麗，還有那頭驢——班傑明。班傑明是莊園裡年齡最老的動物，脾氣也最糟，他沉默寡言，不開口則已，一開口就少不了說一些風涼話。譬如，他會說上帝給了他尾巴是為了驅趕蒼蠅，但他卻寧願沒有尾巴也沒有蒼蠅。莊園裡的動物中，唯有他從來沒有笑過，要問為什麼，他會說他沒有看見什麼值得好笑的。然而他對包克斯卻是真誠相待，只不過沒有公開承認罷了。通常，他倆總是一起在果園那邊的小牧場上消磨星期天，肩並著肩，默默地吃草。

這兩匹馬剛躺下，一群失去了媽媽的小鴨子排成一溜進了大穀倉，吱吱喳喳，東張西望，想找一處不會被踩上的地方。克拉薇用她粗壯的前腿像牆一樣地圍住他們，小鴨子偎依在裡面，很快就入睡了。莫麗來得很晚，這個愚蠢的傢伙，長著一身白生生的毛，是一匹套瓊斯先生座車的母馬。她扭扭捏捏地走進來，一顛一顛地，嘴裡還嚼著一塊糖。她占了個靠前的位置，就

開始抖動起她的白鬃毛，試圖炫耀一番那些紮在鬃毛上的紅色飾帶。

貓是最後一個來的，她像往常一樣，到處尋找最熱乎的地方，最後在包克斯和克拉薇當中擠了進去。在梅傑講演時，她在那兒自始至終都得意地發出「咕咕嚕嚕」的聲音，壓根兒沒聽進梅傑講的一個字。

那隻馴順了的烏鴉摩西睡在莊主院後門背後的架子上，除他之外，所有的動物都已到場，看到他們都坐穩了，並聚精會神地等待著。

於是，梅傑清了清喉嚨，開口說道：

「同志們，我昨晚做了一個奇怪的夢，這個你們都已經聽說了，但我想等一會再提它。我想先說點別的事。同志們，我想我和你們在一起待不了多久了。在我臨死之前，我覺得有責任把我已經獲得的智慧傳授給你們。我活了一輩子，當我獨自躺在圈中時，我總在思索，我想我敢說，如同任何一個健在的動物一樣，我悟出了一個道理，那就是活在世上是怎麼回事。這就是我要給你們講的問題。

「那麼，同志們，我們又是怎麼生活的呢？讓我們來看一看吧：我們的一生是短暫的，卻是淒慘而艱辛。一生下來，我們得到的食物不過僅僅使我們苟延殘喘而已，但是，只要我們還能動一下，我們便會被驅趕著去幹活，直到用盡最後一絲力氣，一旦我們的油水被榨乾了，我們就會在難以置信的殘忍下被宰殺。在英格蘭的動物中，沒有一個動物在一歲之後懂得什麼是幸福快樂或空閒餘暇的涵意。沒有一個是自由的。顯而易見，動物的一生是痛苦的、備受奴役的一生。

「但是，這真的是命中註定的嗎？那些生長在這裡的動物之所以不能過上舒適的生活，難道是因為我們這塊土地太貧瘠了嗎？不！同志們！一千個不！英格蘭土地肥沃，氣候適宜，它可以提供豐富的食物，可以養活為數比現在多得多的動物。拿我們這一個莊園來說，就足以養活十二匹馬、二十頭牛和數百隻羊，而且我們甚至無法想像，他們會過得多麼舒適，活得多麼體面。

「那麼，為什麼我們的悲慘境況沒有得到改變呢？這是因為，幾乎我們

的全部勞動所得都被人類給剝奪了。同志們，有一個答案可以解答我們的所以問題，我可以把它總結為一個字——人。人就是我們唯一真正的仇敵！把人從我們的生活中消除掉，饑餓與過度勞累的根子就會永遠拔掉了。

「人是一種最可憐的傢伙，什麼都生產不了，只會揮霍。那些傢伙生產不了奶，也下不了蛋，瘦弱得拉不動犁，跑起來也是慢吞吞的，連個兔子都逮不住。可那傢伙卻是所有動物的主宰，他驅使他們去幹活，給他們報償卻只是一點少得不能再少的草料，僅夠他們糊口而已。而他們勞動所得的其餘的一切則都被他據為己有。是我們流血流汗在耕耘這塊土地，是我們的糞便使它肥沃，可我們自己除了這一副空皮囊之外，又得到了什麼呢！

「你們這些坐在我面前的牛，去年一年裡，你們已產過多少加侖的奶呢！那些本來可以餵養出許多強壯的牛犢的奶又到哪兒去了呢？每一滴都流進了我們仇敵的喉嚨裡。還有你們這些雞、這一年裡你們已下了多少個蛋呢？可又有多少孵成了小雞？那些沒有孵化的雞蛋都被拿到市場上為瓊斯和

他的夥計們換成了鈔票！你呢，克拉薇，你的四匹小馬駒到哪兒去了？他們本來是你晚年的安慰和寄託！而他們卻都在一歲時給賣掉了，你永遠也無法再見到他們了。補償給你這四次坐月子和在地裡勞作的，除了那點可憐的飼料和一間馬廄外，還有什麼呢？

「就是過著這樣悲慘的生活，我們也不能被允許享盡天年。拿我自己來說，我無可抱怨，因為我算是幸運的。我十二歲了，已有四百多個孩子，這對一個豬來說就是應有的生活了。

「但是，到頭來沒有一個動物能逃過那殘忍的一刀。你們這些坐在我面前的小胖豬們，不出一年，你們都將在刀架上嚎叫著斷送性命。這恐怖就是我們——牛、豬、雞、羊等等每一位都難逃的結局。就是馬和狗的命運也好不了多少。

「你，包克斯，有朝一日你那強健的肌肉失去了力氣，瓊斯就會把你賣給屠馬商，屠馬商會割斷你的喉嚨，把你煮了給獵狗吃。而狗呢，等他們老

了，牙也掉光了，瓊斯就會就近找個池塘，弄塊磚頭拴在他們的脖子上，把他們沉到水底。

「那麼，同志們，我們這種生活的禍根來自專制獨裁的人類，這一點難道不是一清二楚的嗎？只要驅除了人，我們的勞動所得就會全歸我們自己，而且幾乎在一夜之間，我們就會變得富裕而自由。那麼我們應該為此做些什麼呢？毫無疑問，奮鬥！為了消除人類，全力以赴，不分晝夜地奮鬥！同志們，我要告訴你們的就是這個：造反！

老實說，我也不知道造反會在何時發生，或許近在一周之內，或許遠在百年之後。但我確信，就像看到我蹄子底下的稻草一樣確鑿無疑，總有一天，正義要申張。同志們，在你們整個短暫的餘生中，不要偏離這個目標！尤其是，把我說的福音傳給你們的後代，這樣，未來的一代一代動物就會繼續這一鬥爭，直到取得最後勝利。

「記住，同志們，你們的誓願決不可動搖，你們決不要讓任何甜言蜜語

把你們引入歧途。當他們告訴你們什麼人與動物有著共同利益，什麼一方的興衰就是另一方的興衰，千萬不要聽信那種話，那全是徹頭徹尾的謊言。人心裡想的事情只有他自己的利益，此外別無他有。讓我們在鬥爭中協調一致，情同手足。所以的人都是仇敵，所有的動物都是同志。」

就在這時刻，響起了一陣刺耳的嘈雜聲。原來，在梅傑講話時，有四隻個頭挺大的耗子爬出洞口，蹲坐在後腿上聽他演講，突然間被狗瞧見，幸虧他們迅速竄回洞裡去，才免遭一死。梅傑抬起前蹄，平靜了一下氣氛——

「同志們，」他說，「這裡有一點必須澄清。野生的生靈，比如耗子和兔子，是我們的親友呢還是仇敵？讓我們表決一下吧，我向會議提出這個議題：耗子是同志嗎？」

表決立即進行，壓倒多數的動物同意耗子是同志。有四個投了反對票，是三條狗和一隻貓。後來才發現他們其實重複投了兩次票，包括反對票和贊成票。

於是，「我還有一點要補充。我只是重申一下，永遠記住你們的責任是與人類及其習慣勢不兩立。所有靠兩條腿行走的都是仇敵，所有靠四肢行走的，或者有翅膀的，都是親友。

「還有記住：在同人類作鬥爭的過程中，我們就不要模仿他們。即使征服了他們，也決不沿用他們的惡習。是動物就決不住在房屋裡，決不睡在床上，決不穿衣、喝酒、抽煙，決不接觸鈔票，從事交易。凡是人的習慣都是邪惡的。而且，千萬要注意，任何動物都不能欺壓自己的同類。不論是瘦弱的還是強壯的；不論是聰明的還是遲鈍的，我們都是兄弟。任何動物都不得傷害其他動物。所有的動物一律平等。

「現在，同志們，我來談談關於昨晚那個夢的事。那是一個在消滅了人類之後的未來世界的夢想，我無法把它描述出來。但它提醒了我一些早已忘卻的事情。很多年以前，當我還是頭小豬時，我母親和其他母豬經常唱一支古老的歌，那支歌，連她們也只記得個曲調和頭三句歌詞。

「我很小的時候就對那曲調熟悉了。但我也忘了很久了。然而，昨天晚上我又在夢中回想起來了，更妙的是，歌詞也在夢中出現，這歌詞，我敢肯定，就是很久以前的動物唱的、並且失傳很多代的那首歌詞。現在我就想唱給你們聽聽，同志們，我老了，嗓音也沙啞了，但等我把你們教會了，你們會唱得更好的。他叫『英格蘭之獸』。」

老梅傑清了清嗓子就開始唱了起來，正如他說的那樣，他聲音沙啞，但唱得很不錯。那首歌曲調慷慨激昂，旋律有點介於「克萊門汀」和「拉庫庫拉查」之間。歌詞是這樣的：

英格蘭之獸，愛爾蘭之獸，
普天之下的獸，
傾聽我喜悅的佳音，

傾聽那金色的未來。
那一天遲早要到來，
獨裁的人類終將消滅，
富饒的英格蘭大地，
將只留下我們的足跡。
我們的鼻中不再扣環，
我們的背上不再配鞍，
鐵蹶子、馬刺會永遠銹蝕
不再有殘酷的鞭子劈啪抽閃。
那難以想像的富裕生活，
小麥、大麥、乾草、燕麥
苜宿、大豆還有甜菜，
那一天將全歸於我們。

那一天我們將自由解放，
陽光普照英格蘭大地，
水會更純淨，
風也更柔逸。
哪怕我們活不到那一天，
但為了那一天我們豈能等閒，
牛、馬、鵝、雞
為自由務須流血汗。
英格蘭之獸、愛爾蘭之獸，
普天之下的獸，
傾聽我喜悅的佳音，
傾聽那金色的未來。

唱著這支歌，動物們陷入了情不自禁的亢奮之中。幾乎還沒有等梅傑唱完，他們已經開始自己唱了。連最遲鈍的動物也已經學會了曲調和個別歌詞了。聰明一些的，如豬和狗，幾分鐘內就全部記住了整首歌。

然後，他們稍加幾次嘗試，就突然間齊聲合唱起來，整個莊園頓時回蕩著這震天動地的歌聲。牛哞哞地叫，狗汪汪地吠，羊咩咩地喊，馬嘶嘶地鳴，鴨子嘎嘎地喚。唱著這首歌，他們是多麼地興奮，以至於整整連著唱了五遍，要不是中途被打斷，他們真有可能唱個通宵……

不巧的是，喧囂聲吵醒了瓊斯先生，他自以為是院子中來了狐狸，便跳下床，操起那支總是放在臥室牆角的獵槍，用裝在膛裡的六號子彈對著黑暗處開了一槍，彈粒射進大穀倉的牆裡。會議就此匆匆解散。動物們紛紛溜回自己的窩棚。家禽跳上了他們的架子，家畜臥到了草堆裡，頃刻之間，莊園便沉寂了下來。

第二章

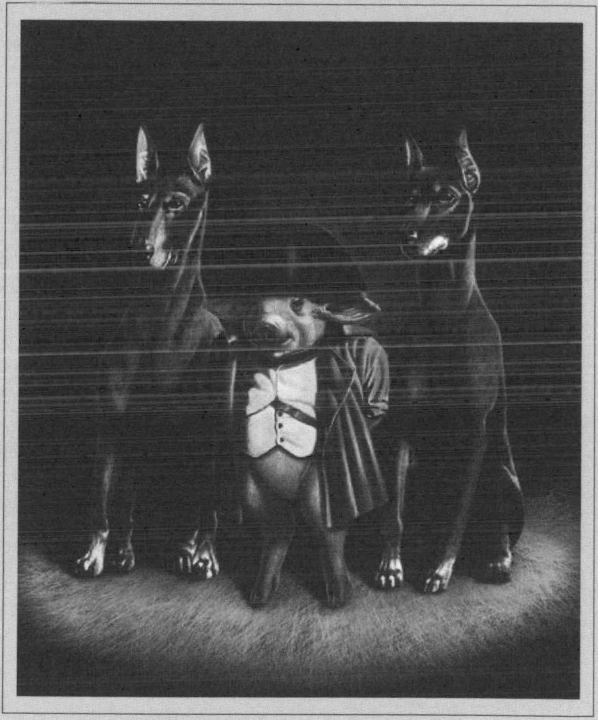

老梅傑在安睡中平靜死去……

三天之後，老梅傑在安睡中平靜地死去。遺體就埋在蘋果園腳下。

——這是三月初的事。

從此以後的三個月裡，有很多秘密活動。梅傑的演講給莊園裡那些比較聰明的動物帶來了一個全新的生活觀念。他們不知道梅傑預言的造反什麼時候才能發生，他們也無法想像造反會在他們有生之年內到來。但他們清楚地曉得，為此作準備就是他們的責任。

訓導和組織其他動物的工作，自然地落在豬的身上，他們被一致認為是動物中最聰明的。而其中傑出的是兩頭名叫雪球和拿破崙的雄豬，他們是瓊斯先生為出售餵養的。拿破崙是頭約克夏雄豬，也是莊園中唯一的約克夏種，個頭挺大，看起來很凶，說話不多，素以固執而出名。相比之下，雪球要伶俐多了，口才也蠻好，也更有獨創性，但看起來個性上沒有拿破崙那麼

深沉。

莊園裡其他的豬都是肉豬。他們中最出名的是一頭短小而肥胖的豬，名叫斯奎拉（Squealer 尖叫者）。他長著圓圓的面頰，炯炯閃爍的眼睛，動作敏捷，聲音尖細，是個不可多得的演說家。尤其是在闡述某些艱深的論點時，他習慣於邊講解邊來回不停地蹦跳，同時還甩動著尾巴。而那玩意兒不知怎麼搞地就是富有蠱惑力。別的動物提到斯奎拉時，都說他能把黑的說成白的。

這三頭豬把老梅傑的訓導用心琢磨，推敲出一套完整的思想體系，他們稱之為「動物主義」。每週總有幾個夜晚，等瓊斯先生入睡後，他們就在大戶倉裡召集秘密會議，向其他動物詳細闡述動物主義的要旨。

起初，他們針對的是那些遲鈍和麻木的動物。這些動物中，有一些還大談什麼對瓊斯先生的忠誠的義務，把他視為「主人」，提出很多淺薄的看

法，比如「瓊斯先生餵養我們，如果他走了，我們會餓死的。」等等。還有的問到這樣的問題：「我們幹嘛要關心我們死後才能發生的事情？」或者問：「如果造反註定要發生，我們幹不幹又有什麼關係？」因而，為了教他們懂得這些說法都是與動物主義相悖離的，豬就下了很大的功夫。這愚蠢的問題是那匹白雌馬莫麗提出來的，她向雪球最先問的問題是：「造反以後還有糖嗎？」

「沒有，」雪球堅定地說，「我們沒有辦法在莊園製糖，再說，你不需要糖，而你想要的燕麥和草料你都會有的。」

「那我還能在鬃毛上紮飾帶嗎？」莫麗問。

「同志，」雪球說，「那些你如此鍾愛的飾帶全是奴隸的標記。你難道不明白自由比飾帶更有價值嗎？」

莫麗同意了，但聽起來並不十分肯定。

豬面對的更困難的事情，是對付那隻馴順了的烏鴉摩西散佈的謊言。摩西這個瓊斯先生的特殊寵物，是個尖細和饒舌的傢伙，還是個靈巧的說客。他聲稱他知道有一個叫做「蜜糖山」的神秘國度，那裡是所有動物死後的歸宿。它就在天空中雲層上面的不遠處。摩西說，在蜜糖山，每週七天，天天都是星期天，一年四季都有苜蓿，在那裡，方糖和亞麻子餅就長在樹籬上。動物們憎惡摩西，因為他光說閒話而不幹活，但動物中也有相信蜜糖山的。所以，豬不得不竭力爭辯，教動物們相信根本就不存在那麼一個地方。

他們最忠實的追隨者是那兩匹套貨車的馬，包克斯和克拉薇。對他們倆來說，靠自己想通任何問題都很困難。而一旦把豬認作他們的導師，他們便吸取了豬教給他們的一切東西，還通過一些簡單的討論把這些道理傳授給其他的動物。大穀倉中的秘密會議，他們也從不缺席。每當會議結束要唱那首「英格蘭之獸」時，也由他們帶頭唱起。

這一陣子，就結果而言，造反之事比任何一個動物所預期的都要來得更早也更順利。在過去數年間，瓊斯先生儘管是個冷酷的主人，但不失為一位能幹的莊園主，可是近來，他正處於背運的時候，打官司中賠了錢，他更沮喪沉淪，於是拼命地喝酒。

有一陣子，他整日待在廚房裡，懶洋洋地坐在他的溫莎椅上，翻看著報紙，喝著酒，偶爾把乾麵包片在啤酒裡沾一下餵餵摩西。他的夥計們也無所事事，這不守職。田地裡長滿了野草，窩棚頂棚也漏了，樹籬無人照管，動物們餓腸轆轆。

六月，眼看到了收割牧草的時節。在施洗約翰節的前夕，那一天是星期六，瓊斯先生去了威靈頓，在紅獅酒吧喝了個爛醉，直到第二天，也就是星期天的正午時分才趕回來。他的夥計們一大早擠完牛奶，就跑出去打兔子了，沒有操心給動物添加草料。而瓊斯先生一回來，就在客廳裡拿了一張

《世界新聞》蓋在臉上，在沙發上睡著了。

所以一直到晚上，動物們還沒有給餵過。他們終於忍受不住了，有一頭母牛用角撞開了貯藏棚的門，於是，所有的動物一擁而上，自顧自地從飼料箱裡搶東西。

就在此刻，瓊斯先生醒了。不一會兒，他和他的四個夥計手裡拿著鞭子出現在貯藏棚，上來就四處亂打一氣。饑餓的動物哪裡還受到了這個，儘管毫無任何預謀，但都不約而同地，猛地撲向這些折磨他們的主人。

瓊斯先生一夥人忽然發現他們自己正處在四面被圍之中。被犄角抵，被蹄手踢，形勢完全失去了控制。他們從前還沒有見到動物這樣的舉動，他們曾經是怎樣隨心所欲的鞭笞和虐待這一群畜牲！而這群畜牲們的突然暴動嚇得他們幾乎不知所措。

轉眼工夫，他們放棄自衛，拔腿便逃。又過了個把分鐘，在動物們勢如破竹的追趕下，他們五個人沿著通往大路的車道倉皇敗退了。

瓊斯夫人在臥室中看到窗外發生的一切，匆忙收拾一些細軟塞進一個毛氈手提包裡，從另一條路上溜出了莊園。摩西從他的架子上跳起來，撲撲騰騰地尾隨著瓊斯夫人，呱呱地大聲叫著。這時，動物們已經把瓊斯一夥趕到外面的大路上，然後砰地一聲關上五柵門。就這樣，在他們幾乎還沒有反應過來時，造反已經完全成功了：瓊斯被驅逐了，曼諾莊園成他們自己的了。

起初，有好大一會，動物們簡直不敢相信他們的好運氣！

他們做的第一件事就是沿著莊園奔馳著繞了一圈，彷彿是要徹底證實一下再也沒有人藏在莊園裡了。接著，又奔回窩棚中，把那些屬於可憎的瓊斯統治的最後印跡消除掉。馬廄端頭的農具棚被砸開了，鐵嚼子、鼻環、狗用的項圈，以及瓊斯先生過去常為閹豬、閹羊用的殘酷的刀子，統統給丟進井裡。繮繩、籠頭、眼罩和可恥的掛在馬脖子上的草料袋，全都與垃圾一起堆到院中，一把火燒了。鞭子更不例外。動物們眼看著鞭子在火焰中燒起，他

們全都興高采烈的歡呼雀躍起來。雪球還把飾帶也扔進火裡，那些飾帶是過去常在趕集時紮在馬鬃和馬尾上用的。

「飾帶」，他說道，「應該視同衣服，這是人類的標記。所有的動物都應該一絲不掛。」

包克斯聽到這裡，便把他夏天戴的一頂小草帽也拿出來，這頂草帽本來是防止蠅蟲鑽入耳朵才戴的，他也把它和別的東西一道扔進了人火中。

不大一會兒，動物們便把所有能引起他們聯想到瓊斯先生的東西全毀完了。然後，拿破崙率領他們回到貯藏棚裡，給他們分發了雙份玉米，給狗發了雙份餅乾。接著，他們從頭至尾把「英格蘭之獸」唱了七遍。然後安頓下來，而且美美睡了一夜，好像他們還從來沒有睡過覺似的。

第二天，他們還是照常在黎明時醒來，轉念想起已經發生了那麼了不起的事情，他們全都跑出來，一起衝向大牧場。通向牧場的小路上，有一座小

山墩，在那裡，可以一覽整個莊園的大部分景色。動物們衝到小山墩頂上，在清新的晨曦中四下注視。是的，這是他們的——他們目光所及的每一件東西都是他們的！

在這個念頭帶來的狂喜中，他們兜著圈子跳呀、蹦呀，在噴湧而來的極度激動中，他們猛地蹦到空中。他們在露水上打滾，咀嚼幾口甜潤的青草；他們踢開黑黝黝的田土，使勁吮吸那泥塊中濃郁的香味。然後，他們巡視莊園一周，在無聲的讚歎中查看了耕地、牧場、果樹園、池塘和樹叢。彷彿他們以前還從沒有見到過這些東西似的。而且，就是在這個時刻，他們還是不敢相信這些都是他們自己的。

後來，他們列隊向莊園的窩棚走去，在莊主院門外靜靜地站住了。這也是他們的，可是，他們卻惶恐得不敢進去。過一會兒，雪球和拿破崙用肩撞開門，動物們才魚貫而入，他們小心翼翼地走著，生怕弄亂了什麼。他們踮起蹄子尖一個屋接一個屋地走過，連比耳語大一點的聲音都不敢吱一下，出

於一種敬畏，目不轉睛地盯著這難以置信的奢華，盯著鏡子、馬鬃沙發和那些用他們的羽絨製成的床鋪，還有布魯塞爾地毯，以及放在客廳壁爐臺上的維多利亞女王的平版肖像。

當他們拾級而下時，發現莫麗不見了。再折身回去，才見她待在後面一間最好的臥室裡。她在瓊斯夫人的梳粧檯上拿了一條藍飾帶，傻下唧唧地在鏡子前面貼著肩臭美起來。在大家嚴厲的斥責下，她這才又走了出來。掛在廚房裡的一些火腿也給拿出去埋了，洗碗間的啤酒桶被包克斯踢了個洞。

除此之外，房屋裡任何其他東西都沒有動過。在莊主院現場一致通過了一項決議：莊主院應保存起來作為博物館。大家全都贊成：任何動物都不得在這兒居住。

動物們用完早餐，雪球和拿破崙再次召集起他們。

「同志們，」雪球說道，「現在是六點半，下面還有整整一天。今天我

們開始收割牧草，不過，還有另外一件事情得先商量一下。」

這時，大家才知道豬在過去的三個月中，從一本舊的拼讀書本上自學了閱讀和書寫。那本書曾是瓊斯先生的孩子的，早先被扔到垃圾堆裡。拿破崙叫拿來幾桶黑漆和白漆，帶領大家來到朝著大路的大柵門。

接著，雪球（正是他才最擅長書寫）用蹄子的雙趾捏起一支刷子，塗掉了柵欄頂的木牌上的「曼諾莊園」幾個字，又在那上面寫上「動物莊園」。這就是莊園以後的名字。寫完後，他們又回到窩棚那裡，雪球和拿破崙又叫拿來一架梯子，並讓把梯子支在大穀倉的牆頭。

他們解釋說，經過過去三個月的研討，他們已經成功地把動物主義的原則簡化為「七戒」。這「七戒」將要題寫在牆上，它們將成為不可更改的法律，所有動物莊園的動物都必須永遠遵循它生活。雪球好不容易才爬了上去（因為豬不易的梯子上保持平衡）並開始忙乎起來，斯奎拉在比他低幾格的地方端著油漆桶。在刷過柏油的牆上，用巨大的字體寫著「七誡」。字是白

色的，在三十碼以外清晰可辨。它們是這樣寫的：

「七誡」

1. 凡靠兩條腿行走者皆為仇敵；
2. 凡靠四肢行走者，或者長翅膀者，皆為親友；
3. 任何動物不得著衣；
4. 任何動物不得臥床；
5. 任何動物不得飲酒；
6. 任何動物不得傷害其他動物；
7. 所有動物一律平等。

寫得十分瀟灑，除了把「friend（朋友）」寫成了「freind」，以及其中有一處「S」寫反之外，全部拼寫得很正確。雪球大聲念給別的動物聽，所

有在場的動物都頻頻點頭，表示完全贊同。較為聰明一些的動物立即開始背誦起來。

「現在，同志們，」雪球扔下油漆刷子說道，「到牧場上去！我們要爭口氣，要比瓊斯他們一夥人更快地收完牧草。」

就在這時刻，早已有好大一會顯得很不自在的三頭母牛發出振耳的哞哞聲。已經二十四小時沒有給她們擠奶了。她們的奶子快要脹破了。豬稍一尋思，讓取來奶桶，相當成功地給母牛擠了奶，他們的蹄子十分適於幹這個活。很快，就擠滿了五桶冒著沫的乳白色牛奶，許多動物津津有味地瞧著五桶桶中的鮮奶。

「這些牛奶可怎麼辦呢？」有一個動物問答。

「瓊斯先生過去常常給我們的穀糠飼料中摻一些牛奶，」有隻母雞如此說道。

「別理會牛奶了，同志們！」站在奶桶前的拿破崙大聲喊道，「牛奶會

給照看好的，收割牧草才更重了，雪球同志領你們去，我隨後就來。前進，同志們！牧草在等待著！」

於是，動物們成群結隊地走向大牧場，開始了收割。當他們晚上收工回來的時候，大家注意的：牛奶已經不見了。

第三章

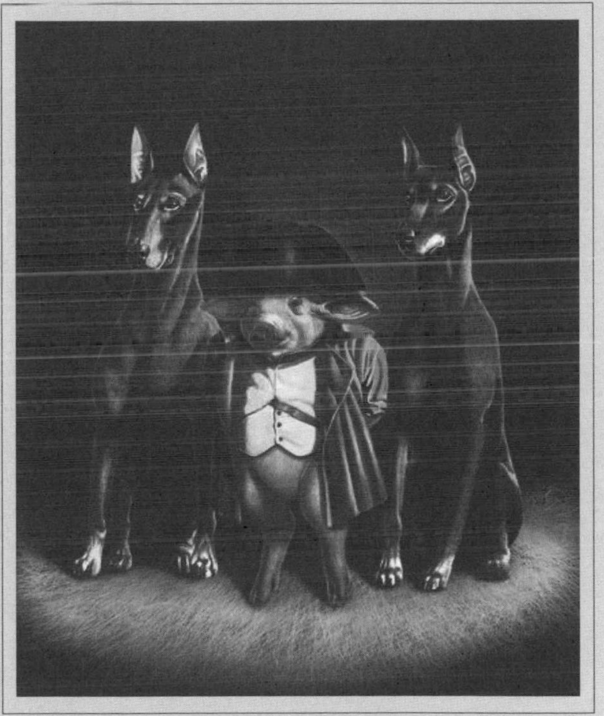

這次豐收比他們期望的還大……

收割收草時，他們幹得多賣力！但他們的汗水並沒有白流，因為這次豐收比他們先前期望的還要大。

這些工作常會碰上困難：農具是為人而不是為動物設計的，沒有一個動物能擺弄那些需要靠兩條後腿站著才能使用的器械，這是一個很大的缺陷。但是，豬確實聰明，他們能想出排除每個困難的辦法。至於馬呢，他們這些田地瞭若指掌，實際上，他們比瓊斯及其夥計們對刈草和耕地精通得多。

豬其實並不幹活，只是指導和監督其他動物。他們憑著非凡的學識，很自然地承擔了領導工作。包克斯和克拉薇情願自己套上割草機或者馬拉耙機（當然，這時候根本不會用嚼子或者繮繩），邁著沉穩的步伐，堅定地一圈一圈地行進，豬在其身後跟著，根據不同情況，要麼吆喝一聲「吁、吁，同志！」要麼就是「喔、喔，同志！」

在搬運和堆積牧草時，每個動物無不盡力服從指揮。就連鴨子和雞也整天在大太陽下，辛苦地用嘴巴銜上一小撮牧草來來回回忙個不停。最後，他

們完成了收穫，比瓊斯那夥人過去幹的活的時間提前了整整兩天！更了不起的是，這是一個莊園裡前所未有的大豐收。沒有半點遺落；雞和鴨子憑他們敏銳的眼光竟連非常細小的草梗草葉也沒有放過。也沒有一個動物偷吃哪怕一口牧草。

整個夏季，莊園裡的工作像時鐘一樣運行得有條有理，動物也都歡欣鼓舞地，而這一切，是他們從前連想都不敢想的。而今，既然所有食物都出自他們自己勞作，自己生產，而不是吝嗇的主人施捨的嗟來之食，因而他們吃的是自己所有的食物，每嚼一口都是一種無比的享受。儘管他們還沒有什麼經驗，但隨著像寄生蟲般的人的離去，每一個動物便有了更多的食物，也有了更多的閒暇。他們遇到過不少麻煩，但也都順利解決了。

比如，這年年底，收完玉米後，因為莊園裡沒有打穀機和脫粒機，他們就有那種古老的方式，踩來踩去地把玉米粒弄下來，再靠嘴巴把秣殼吹掉。

面對困難，豬的機靈和包克斯的力大無比總能使他們順利度過難關。動物們對包克斯讚歎不已。即使在瓊斯時期，包克斯就一直是個勤勞而持之以恆的好勞力，而今，他更是一個頂三個，那一雙強勁的肩膀，常常像是承擔了莊園裡所有的活計。

從早到晚，他不停地拉呀推呀，總是出現在工作最艱苦的地方。他早就和一隻小公雞約好，每天早晨，小公雞提前半小時叫醒他，他就在正式上工之前先幹一些志願活，而這些活看起來也是最急需的。無論遇到什麼困難和挫折，包克斯的回答總是：「我要更加努力工作」，這句話也是他一直引用的座右銘。

但是，每個動物都只能量力而為之，比如雞和鴨子，收穫時單靠他們撿拾零落的穀粒，就節約了五蒲式耳的玉米。沒有誰偷吃，也沒有誰為自己的口糧抱怨，那些過去習以為常的爭吵、咬鬥和嫉妒也幾乎一掃而光。沒有或者說幾乎沒有動物開小差或偷懶的。

不過，倒真有這樣的事：莫麗不太習慣早晨起來，她還有一個壞毛病，常常藉故蹄子裡夾了個石子，便丟下地裡的活，早早溜走了。貓的表現也多少與眾不同。每當有活幹的時候，大家就發現怎麼也找不到貓了。她會連續幾小時不見蹤影，直到吃飯時，或者收工後，才若無其事一般重新露面。可是她總有絕妙的理由，咕咕嚕嚕地說著，簡直真誠得叫誰也沒法懷疑她動機良好。

老班傑明，就是那頭驢，起義後似乎變化不大。他還是和在瓊斯時期一樣，慢條斯理地幹活，從不開小差，也從不支援承擔額外工作。對於起義和起義的結果，他從不表態。誰要問他是否為瓊斯的離去而感到高興，他就只說一句：「驢都長壽，你們誰也沒有見過死驢吧！」面對他那神秘的回答，其他動物只好就此罷休。

星期天沒有活，早餐比平時晚一個小時，早餐之後，有一項每週都要舉

行的儀式，從不例外。先是升旗。這面旗是雪球以前在農具室裡找到的一塊瓊斯夫人的綠色舊臺布，上面用白漆畫了一個蹄子和犄角，它每星期天早晨在莊主院花園的旗杆上升起。雪球解釋說，旗是綠色的，象徵綠色的英格蘭大地。而蹄子和犄角象徵著未來的動物共和國，這個共和國將在人類最終被剷除時誕生。

升旗之後，所有動物列隊進入大穀倉，參加一個名為「大會議」的全體會議。在這裡將規劃出有關下一周的工作，提出和討論各項決議。別的動物知道怎樣表決，但從未能自己提出任何議題。而雪球和拿破崙則分別是討論中最活躍的中心。但顯而易見，他們兩個一直合不來，無論其中一個建議什麼，另一個就馬上會反其道而行之。甚至對已經通過的議題，比如把果園後面的小牧場留給年老體衰的動物，這一個實際上誰都不反對的議題，他們也是同樣如此。為各類動物確定退休年齡，也要激烈爭論一番。大會議總是隨著「英格蘭之獸」的歌聲結束，下午則是留作娛樂用的時間。

豬已經把農具室當作他們自己的指揮部了。

一到晚上，他們就在這裡，從那些在莊主院裡拿來的書上學習打鐵、木工和其他必備的技藝。雪球自己還忙於組織其他動物加入他所謂的「動物委員會」。他為母雞設立了「產蛋委員會」，為牛設立了「潔尾社」，還設立了「野生同志再教育委員會」（這個委員會目的在於馴化耗子和兔子），又為羊發起了「讓毛更潔白運動」等等。

此外，還組建了一個讀寫班。為這一切，他真是不知疲倦。但總而言之。這些活動都失敗了，例如，馴化野生動物的努力幾乎立即流產。這些野生動物仍舊一如既往，要是對他們寬宏大量，他們就公然趁機偷機取巧了。貓參加了「再教育委員會」，很活躍了幾天。有動物看見她曾經有一天在窩棚頂上和一些她搆不著的麻雀交談。她告訴麻雀說，動物現在都是同志，任何麻雀，只要他們願意，都可以到她的爪子上來，並在上面休息，但麻雀們還是對她敬而遠之。

然而，讀書班卻相當成功。到了秋季，莊園裡幾乎所有的動物都不同程度地掃除了文盲。

對豬來說，他們已經能夠十分熟練地讀寫。狗的閱讀能力也練得相當不錯，可惜他們只對讀「七誡」有興趣。山羊穆麗比狗讀得還要好，她還常在晚上把從垃圾堆裡找來的剪報念給其他動物聽。班傑明讀得不比任何豬遜色，但從不運用發揮他的本領。他說，據他所知，迄今為止，還沒有什麼值得讀的東西。克拉薇學會了全部字母，可是就拼不成單詞。包克斯只能學到字母D，他會用碩大的蹄子在塵土上摹寫出A、B、C、D，然後，站在那裡，翹著耳朵，目不轉睛地盯著，而且還不時抖動一下額毛，竭盡全力地想下一個字母，可總是想不起來。有好幾次，真的，他確實學到了E、F、G、H，但等他學會了這幾個，又總是發現他已經忘了A、B、C、D。

最後，他決定滿足於頭四個字母，並在每天堅持寫上一兩遍，以加強話

憶。莫麗除了那六個拼出她自己名字的字母 Mollie 外，再也不肯學點別的。她會用幾根細嫩的樹枝，非常靈巧地拼出她的名字，然後用一兩支鮮花裝飾一下，再繞著它們走幾圈，讚歎了一番。

莊園裡的其他動物都只學會了一個字母A。另外還有一點，那些比較遲鈍的動物，如羊、雞、鴨子等，還沒有學會熟記「七誡」。於是，雪球經過反覆思忖，宣佈「七誡」實際上可以簡化為一條準則，那就是「四條腿好，兩條腿壞。」他說，這條準則包含了動物主義的基本原則，無論是誰，一旦完全掌握了這個準則，便免除了受到人類影響的危險。起初，禽鳥們首先表示反對，因為他們好像也只有兩條腿，到雪球向他們證明這其實不然。

「同志們」，他說道，「禽鳥的翅膀，是一種推動行進的器官，而不是用來操作和控制的，因此，它和腿是一回事。而人的不同特點是手，那是他們作惡多端的器官。」

對這一番長篇大論，禽鳥們並沒有弄懂，但他們接受了雪球的解釋。同時，所有這類反應較慢的動物，都開始鄭重其事地在心裡熟記這個新準則。「四條腿好，兩條腿壞」還題寫在大穀倉一端的牆上，位於「七誡」的上方，字體比「七誡」還要大。羊一旦在心裡記住了這個準則之後，就愈發興致勃勃。當他們躺在地裡時，就經常咩咩地叫著：「四條腿好，兩條腿壞！四條腿好，兩條腿壞！」一叫就是幾個小時，從不會覺得厭煩。

拿破崙對雪球的什麼委員會沒有半點興趣。他說，比起為那些已經長大成型的動物做的事來說，對年輕一代的教育才更為重要。剛好，在收割牧草後不久，傑西和藍鐘都生產了，一共生下了九條強壯的小狗。等這些小狗剛一斷奶，拿破崙說他願意為他們的教育負責，再把它們從母親身邊帶走了。他把他們帶到一間閣樓上，那間閣樓只有從農具室搭著梯子才能上去。他們處於這樣的隔離狀態中，莊園裡其他動物很快就把他們忘掉了。

牛奶的神秘去向不久就弄清了。原來，它每天被摻到豬飼料裡。這時，早熟的蘋果正在成熟，果園的草坪上遍佈著被風吹落的果子。動物們以為把這些果子平均分配乃是理所當然。

然而，有一天，發佈了這樣一個指示，說是讓把所有被風吹落下來的蘋果收集起來，帶到農具室去供豬食用。對此，其他有些動物嘟嘟囔囔地直發牢騷，但是，這也無濟於事。所有的豬對此都完全贊同，甚至包括雪球和拿破崙在內。斯奎拉奉命對其他動物作些必要的解釋——

「同志們，」他大聲嚷道，「你們不會把我們豬這樣做看成是出於自私和特權吧？我希望你們不。實際上，我們中有許多豬根本不喜歡牛奶和蘋果。我自己就很不喜歡。我們食用這些東西的唯一目的，就是要保護我們的健康。

「牛奶和蘋果（這一點已經被科學所證明，同志們）包含的營養對豬的健康來說是絕對必需的。我們豬是腦力勞動者。莊園的全部管理和組織工作

都要依靠我們。我們夜以繼日地為大家的幸福費盡心機。因此，這是為了你們，我們才喝牛奶，才吃蘋果的。你們知道吧，萬一我們豬失職了，那會發生什麼事情呢？瓊斯可會捲土重來！是的，瓊斯一定會捲土重來！真的，同志們！」斯奎拉一邊左右蹦跳著，一邊甩動著尾巴，幾乎懇求地大喊道：「真的，你沒有誰想看到瓊斯捲土重來吧？」

此時，如果說還有那麼一件事情動物們能完全肯定的話，那就是他們不願意讓瓊斯回來。當斯奎拉的見解說明了這一點以後，他們就不再有什麼可說的了。使豬保持良好健康的重要性再也清楚不過了。

於是，再沒有繼續爭論，大家便一致同意：牛奶和被風吹落的蘋果（並且還有蘋果成熟後的主要收穫）應當單獨分配給豬。

第四章

「英格蘭之獸」遍佈天下……

到了那年夏末，有關動物莊園裡種種事件的消息，已經傳遍了半個國家。每一天，雪球和拿破崙都要放出一群鴿子。鴿子的任務是混入附近莊園的動物中，告訴他們起義的歷史史實，教他們唱「英格蘭之獸」。

這個時期，瓊斯先生把大部分時間都在泡在威靈頓的紅獅酒吧裡。他心懷著被「區區畜牲」攆出家園的痛苦，每逢有人願意聽，他就訴說一通他的冤屈。別的莊園主基本上同情他，但起初沒有給他太多幫助。他們都在心裡暗暗尋思，看是否能多少從瓊斯的不幸中給自己撈到什麼好處。

幸而，與動物莊園毗鄰的兩個莊園關係一直很差。一個叫作福克斯伍德莊園，面積不小，卻照顧得很差。廣闊的田地裡盡是荒蕪的牧場和丟人現眼的樹籬。莊園主比爾金頓先生是一位隨和的鄉紳，隨著季節不同，他不是釣魚消閒，就是去打獵度日。

另一個叫作平哲菲爾德莊園，小一點，但照料得不錯。它的主人是弗雷德里克先生，一個精明的硬漢子，卻總是牽扯在官司中，落了個好斤斤計較

的名聲。這兩個人向來不和，誰也不買誰的帳，即使事關他們的共同利益，他們也是如此。

話雖如此，可是這一次，他們倆都被動物莊園的造反行動徹底給嚇壞了，於是，急不可待地要對他們自己莊園裡的動物封鎖這方面的消息。開始的時候，他們對動物們自己管理莊園的想法故作嘲笑與蔑視。他們說，整個事態兩周內就會結束。他們散佈說，曼諾莊園（他們堅持稱之為「曼諾莊園」，而不能容忍「動物莊園」這個名字）的畜牲總是在他們自己之間打鬥，而且快要餓死了。

過一段時間，那裡的動物顯然並沒有餓死，弗雷德里克和比爾金頓就改了腔調，開始說什麼動物莊園如今邪惡猖獗。他們說，傳說那裡的動物同類相食，互相用燒得通紅的馬蹄鐵拷打折磨，還共同霸佔他們中的雌性動物。弗雷德里克和比爾金頓說，正是在這一點上，造反是悖於天理的。

然而，誰也沒有完全聽信這些說法。有這樣一座奇妙的莊園，在那兒人

被攆走，動物們掌管自己的事務，這個小道消息繼續以各種形式流傳著。

整個那一年，在全國範圍內的造反之波浪此起彼伏：一向溫順的公牛突然變野了，羊毀壞了樹籬，糟踏了苜蓿，母牛踢翻了奶桶，獵馬不肯越過圍欄而把背上的騎手甩到了另一邊。

更有甚者，「英格蘭之獸」的曲子甚至還有歌詞已經無處不知，它以驚人的速度流傳著。儘管人們故意裝作不屑一顧，認為它滑稽可笑，但是，當他們聽到了這支歌，便怒不可遏。他們說，他們簡直弄不明白，怎麼就連畜牲們也竟能唱這樣無恥的下流小調。那些因為唱這支歌而被逮住的動物，當場就會被責以鞭笞。可這支歌還是壓抑不住的，烏鴉在樹籬上囀鳴著唱它，鴿子在榆樹上咕咕著唱它，歌聲滲進鐵匠鋪的喧鬧聲，滲進教堂的鐘聲，它預示著人所面臨的厄運，因而，他們聽到這些便暗自發抖。

十月初，玉米收割完畢並且堆放好了，其中有些已經脫了粒。有一天，

一群鴿子從空中急速飛回，興高采烈地落在動物莊園的院子裡。原來瓊斯和他的所有夥計們，以及另外六個來自福克斯伍德莊園和平哲菲爾德莊園的人，已經進了大柵門，正沿著莊園的車道向這走來。除了一馬當先的瓊斯先生手裡握著一支槍外，他們全都帶著棍棒。顯然，他們企圖奪回這座莊園。

這是早就預料到了的，所有相應的準備工作也已經就緒。雪球負責這次防禦戰。他曾在莊主院的屋子裡找到一本談論凱撒征戰的舊書，並且鑽研過。此時，他迅速下令，不出兩分鐘，動物們已經各就各位了。

當這夥人接近莊園的窩棚時，雪球發動第一次攻擊，所有的鴿子，大概有三十五隻左右，在這夥人頭上盤旋，從半空中向他們一齊拉屎。趁著他們應付鴿子的「空襲」，早已藏在樹籬後的一群鵝衝了出來，使勁地啄他們的小腿肚子。而這還只是些小打小鬧的計策，只不過製造點小混亂罷了。這幫人用棍棒毫不費力就把鵝趕跑了。雪球接著發動第二次攻擊，穆麗、班傑明

和所有的羊，隨著打頭的雪球衝向前去，從各個方向對這夥人又戳又刺，而班傑明則回頭用他的小蹄子對他們尥起蹶子來。可是，對動物們來說，這幫拎著棍棒、靴子上又帶著釘子的人還是太厲害了。突然，從雪球那裡發出一聲尖叫，這是退兵的信號，所有的動物轉身從門口退回院子內。

那些人發出得意的呼叫，正像他們所想像的那樣，他們看到仇敵們潰不成軍，於是，就毫無秩序的追擊著。這正是雪球所期望的。等他們完全進入院子後，三匹馬，三頭牛以及其餘埋伏在牛棚裡的豬，突然　現在他們身後，切斷了他們的退路。

這時，雪球發出了進攻的信號，他自己徑直向瓊斯衝出，瓊斯看見他衝過來，舉起槍就開了火，彈粒擦過雪球背部，刻下了一道血痕，一隻羊中彈傷亡。當時遲，那時快，雪球憑他那兩百多磅體重猛地撲向瓊斯的腿，瓊斯一下子被推到糞堆上，槍也從手中甩了出去。而最為驚心動魄的情景還在包克斯那兒，他就像一匹沒有閹割的種馬，竟靠後腿直立起來，用他那巨大的

釘著鐵掌的蹄子猛打一氣，第一下就擊中了一個福克斯伍德莊園的馬夫的腦殼，打得他倒在泥坑裡斷了氣。

看到這個情形，幾個人扔掉棍子就要跑。他們被驚恐籠罩著，接著，就在所有動物的追逐下繞著院子到處亂跑。他們不是被刺，就是被踢；不是被咬，就是被踩。莊園裡的動物無不以各自不同的方式向他們復仇。就連那隻貓也突然從房頂跳到一個放牛人的肩上，用爪子掐進他的脖子裡，疼得他大喊大叫。趁著門口沒有擋道的機會，這夥人喜出望外，奪路衝出院子，迅速逃到大路上。一路上又有鵝在啄著他們的腿肚子，嘎嘎地轟趕他們。就這樣，他們這次侵襲，在五分鐘之內，又從進來的路上灰溜溜地敗逃了。

除了一個人之外，這幫人全都跑了。回到院子裡，包克斯用蹄子扒拉一下那個臉朝下趴在地上的馬夫，試圖把它翻過來，這傢伙一動也不動。

「他死了」，包克斯難過地說，「我本不想這樣幹，我忘了我還釘著鐵

掌呢，誰相信我這是無意的呢？」

「不要多愁善感，同志！」傷口還在滴滴答答流血的雪球大聲說到。

「打仗就是打仗，最勇敢的人就是已經死亡的。」

「我不想殺生，即使對人也不，」包克斯重複道，兩眼還含著淚花。

不知是誰大聲喊道：「莫麗哪兒去了？」

莫麗確實失蹤了。大家感到一陣驚慌，他們擔心人設了什麼計傷害了她，更擔心人把她搶走了。結果，卻發現她正躲在她的廄棚裡，頭還鑽在料槽的草中。她在槍響的時候就逃跑了。後來又發現，那個馬夫只不過昏了過去，就在他們尋找莫麗時，馬夫甦醒過來，趁機溜掉了。

這時，動物們又重新集合起來，他們沉浸在無比的喜悅之中，每一位都扯著嗓子把自己在戰鬥中的功勞表白一番。當下，他們立即舉行了一個即興的慶功儀式。莊園的旗幟升上去了，「英格蘭之獸」唱了許多遍。接著又為那隻被殺害的羊舉行了隆重的葬禮，還為她在墓地上種了一棵山楂樹。雪球

在墓前作了一個簡短的演說，他強調說，如果需要的話，每個動物都當為動物莊園作出犧牲的準備。

動物們一致決定設立一個「一級動物英雄」軍功勳章，這一稱號就地立即授予雪球和包克斯。並有一枚銅質獎章（那是在農具室裡發現的一些舊的、貨真價實的黃銅製做的），可在星期天和節日裡佩戴。還有一枚「二級動物英雄」勳章，這一稱號追認給那隻死去的羊。

關於對這次戰鬥如何稱謂的事，他們討論來，討論去，最後決定命名為「牛棚大戰」，因為伏擊就是在那兒發起的。他們還把瓊斯先生那支掉在泥坑裡的槍找到了，又在莊主院裡發現了存貯的子彈。於是，決定把槍架在旗杆腳下，像一門大炮一樣，並在每年鳴槍兩次，一次在十月十二日的「牛棚大戰」紀念日，一次在施洗約翰節，也就是他們的起義紀念日。

第五章

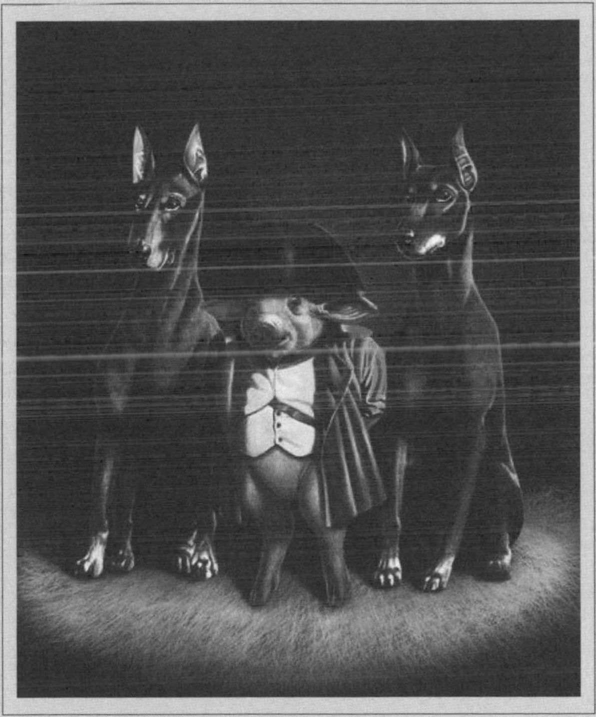

莫麗終於選擇離開了……

冬天快要到了，莫麗變得越來越討厭。她每天早上幹活總要遲到，而且總為自己開脫說她睡過頭了，她還常常訴說一些不可思議的病痛，不過，她的食欲卻很旺盛。她曾找出種種藉口逃避幹活而跑到飲水池邊，呆呆地站在那兒，凝視著她在水中的倒影。但還有一些傳聞，說起來比這更嚴重一些。有一天，當莫麗邊晃悠著她的長尾巴邊嚼著一根草根，樂悠悠的閒逛到院子裡時，克拉薇把她拉到一旁。

「莫麗」，她說，「我有件非常要緊的事要對你說，今天早晨，我看見你在查看那段隔開動物莊園和福克斯伍德莊園的樹籬時，有一個比爾金頓先生的夥計正站在樹籬的另一邊。儘管我離得很遠，但我敢肯定我看見他在對你說話，你還讓他摸你的鼻子。這是怎麼回事，莫麗？」

「他沒摸！我沒讓他摸！這不是真的！」莫麗大聲嚷著，抬起前蹄子搔著地。

「莫麗！看著我，你能向我發誓，那人不是在摸你的鼻子。」

「這不是真的！」莫麗重複道，但卻不敢正視克拉薇。然後，她朝著田野飛奔而去，逃之夭夭。

克拉薇心中閃過一個念頭。誰也沒有打招呼，她就跑到莫麗的廄棚裡，用蹄子翻開一堆草。草下竟藏著一堆方糖和幾條不同顏色的飾帶。

三天後，莫麗不見了，好幾個星期下落不明。後來鴿子報告說他們曾在威靈頓那邊見到過她，當時，她正被駕在一輛單駕馬車上，那輛車很時髦，漆得有紅有黑，停在一個客棧外面。有個紅臉膛的胖子，身穿方格子馬褲和高筒靴，像是客棧老闆，邊撫摸著她的鼻子邊給她餵糖。她的毛髮修剪一新，額毛上還佩戴著一條鮮紅的飾帶。所以鴿子說，她顯得自鳴得意。因此，從此以後，動物們再也不提她了。

一月份，天氣極其惡劣。田地好像鐵板一樣，什麼活都幹不成。倒是在

大穀倉裡召開了很多會議，豬忙於籌畫下一季度的工作。他們明顯比其它動物聰明，也就自然而然地該對莊園裡所有的大方針做出決定，儘管他們的決策還得通過大多數表決同意後才有效。

本來，要是雪球和拿破崙相互之間不鬧彆扭，整個程式會進行得很順利。可是在每一個論點上，他們倆都有可能會抬起槓來。如果其中一個建議用更大面積播種大麥，另一個則肯定要求用更大面積播種燕麥；如果一個說某某地方最適宜種捲心菜，另一個就會聲稱那裡非種薯類不可，不然就是廢地一塊。他們倆都有自己的追隨者，相互之間還有一些激烈的爭辯。

在大會議上，雪球能言善辯，令絕大多數動物心誠口服。而拿破崙更擅長在會議上休息時為爭取到支持遊說拉票。在羊那兒，他尤其成功。後來，不管適時不適時，羊都在咩咩地叫著「四條腿好，兩條腿壞」，並經常借此來搗亂大會議。而且，大家注意到了，越是雪球的講演講到關鍵處，他們就越有可能插進「四條腿好，兩條腿壞」的咩咩聲。

雪球曾在莊主院裡找到一些過期的《農場主和畜牧業者》雜誌，並對此作過深入的研究，裝了滿腦子的革新和發明設想。他談起什麼農田排水、什麼飼料保鮮、什麼鹼性爐渣，學究氣十足。他還設計出一個複雜的系統，可以把動物每天在不同地方拉的糞便直接通到地裡，以節省運送的勞力。

拿破崙自己無所貢獻，卻拐彎抹角地說雪球的這些東西最終將會是一場空，看起來他是在走著瞧了。但是在他們所有的爭吵中，最為激烈的莫過於關於風車一事的爭辯。

在狹長的大牧場上，離莊園裡的窩棚不遠的地方，有一座小山墩，那是莊園裡的制高點。雪球在勘察過那地方之後，宣佈說那裡是建造風車最合適的地方。這風車可用來帶動發電機，從而可為莊園提供電力。也就可以使窩棚裡用上電燈並在冬天取暖，還可以帶動圓鋸、鍘草機、切片機和電動擠奶機。動物們以前還從未聽說過任何這類事情（因為這是一座老式的莊園，只

有一台非常原始的機器）。當雪球繪聲繪色地描述著那些奇妙的機器的情景時，說那些機器可以在他們悠閒地在地裡吃草時，在他們修養心性而讀書或聊天時為他們幹活，動物們都聽呆了。

不出幾個星期，雪球為風車作的設計方案就全部擬訂好了。機械方面的詳細資料大多取自於《對居室要做的一千件益事》、《自己做自己的瓦工》和《電學入門》三本書，這三本書原來也是瓊斯先生的。雪球把一間小棚作為他的工作室，那間小棚曾是孵卵棚，裡面鋪著光滑的木製地板，地板上適宜於畫圖。他在那裡閉門不出，一幹就是幾個小時。他把打開的書用石塊壓著，蹄子的兩趾間夾著一截粉筆，麻利地來回走動，一邊發出帶點興奮的哼哧聲，一邊畫著一道接一道的線條。

漸漸地，設計圖深入到有大量曲柄和齒輪的複雜部分，圖面覆蓋了大半個地板，這在其他動物看來簡直太深奧了，但印象卻非常深刻。他們每天至

少要來一次，看看雪球作圖。就連雞和鴨子也來，而且為了不踩踏粉筆線還格外小心謹慎。惟獨拿破崙回避著。一開始，他就聲言反對風車。

然而，有一天，出乎意料，他也來檢查設計圖了。他沉悶不語地在棚子裡繞來繞去，仔細查看設計圖上的每一處細節，偶爾還衝著它們從鼻子裡哼一兩聲，然後乜斜著眼睛，站在一旁往圖上打量一陣子，突然，他抬起腿來，對著圖撒了一泡尿，接了一聲不吭，揚長而去。

整個莊園在風車一事上截然地分裂開了。雪球毫不否認修建它是一項繁重的事業，需要採石並築成牆，還得製造葉片，另外還需要發電機和電纜（至於這些如何兌現，雪球當時沒說）。但他堅持認為這項工程可在一年內完成。而且還宣稱，建成之後將會因此節省大量的勞力，以至於動物們每週只需要幹三天活。

另一方面，拿破崙卻爭辯說，當前最急需的是增加食料生產，而如果他

們在風車上浪費時間，他們全都會餓死的。在「擁護雪球和每週三日工作制」和「擁護拿破崙和食料滿槽制」的不同口號下，動物們形成了兩派，班傑明是唯一一個兩邊都不沾的動物。他既不相信什麼食料會更充足，也不相信什麼風車會節省勞力。他說，有沒有風車無所謂，生活會繼續下去的，一如既往，也就是說總有不足之處。

除了風車爭執之外，還有一個關於莊園的防禦問題。儘管人在牛棚大戰中被擊潰了，但他們為奪回莊園並使瓊斯先生復辟，會發動一次更兇狠的進犯，這是千真萬確的事。進一步說，因為他們受到挫敗的消息已經傳遍了整個國家，使得附近莊園的動物比以前更難駕馭了，他們也就更有理由這樣幹了。可是雪球和拿破崙又照例發生了發歧。

根據拿破崙的意見，動物們的當務之急是設法武裝起來，並自我訓練植用武器。而按雪球的說法，他們應該放出越來越多的鴿子，到其他莊園的動

物中煽動造反。一個說如不自衛就無異於坐以待斃；另一個則說如果造反四起，他們就斷無自衛的必要。動物們先聽了拿破崙的，又聽了雪球的，竟不能確定誰是誰非。實際上，他們總是發現（自己），講話的是誰，他們就會同意誰的。

終於熬到了這一天，雪球的設計圖完成了。在緊接著的星期天大會議上，是否開工建造風車的議題將要付諸表決，當動物們在大穀倉裡集合完畢，雪球站了起來，儘管不時被羊的咩咩聲打斷，他還是提出了他熱衷於建造風車的緣由。接著，拿破崙站起來反駁，他非常隱諱地說風車是瞎折騰，勸告大家不要支持它，就又猛地坐了下去。他匆匆講了不到半分鐘，似乎顯得有點說不說都一個樣兒。

這時，雪球跳了起來，喝住了又要咩咩亂叫的羊，慷慨陳詞，呼籲大家對風車給予支持。在這之前，動物們因各有所好，基本上是平均地分成兩

派，但在頃刻之間，雪球的雄辯口才就說得他們服服貼貼。他用熱烈的語言，描述著當動物們擺脫了沉重的勞動時動物莊園的景象。他的設想此時早已遠遠超出了鍘草機和切蘿蔔機。

他說，電能帶動脫粒機、犁、耙、碾子、收割機和捆紮機。除此之外，還能給每個窩棚裡提供電燈、熱水或涼水，以及電爐等等。他講演完後，表決會何去何從已經很明顯了。就在這個關頭，拿破崙站起來，怪模怪樣地瞥了雪球一眼，發出了一聲尖細的口哨，這樣的口哨聲以前是沒有一個動物聽到過的。

這時，從外面傳來一陣凶狠的汪汪叫聲，緊接著，九條強壯的狗，戴著鑲有青銅飾釘的項圈，跳進大倉穀裡來，徑直撲向雪球。就在雪球要被咬上的最後一刻，他才跳起來，一下跑到門外，於是狗就在後面追。動物們都嚇呆了，個個張口結舌。他們擠到門外注視著這場追逐。雪球飛奔著穿過通向

大路的牧場，他使出渾身解數拼命地跑著。而狗已經接近他的後蹄子。突然間，他滑倒了，眼看著就要被他們逮住。可他又重新起來，跑得更快了。狗又一次趕上去，其中一條狗幾乎就要咬住雪球的尾巴了，幸而雪球及時甩開了尾巴。接著他又一個衝刺，和狗不過一步之差，從樹籬中的一個缺口竄了出去再也看不到了。

動物們驚愕地爬回大穀倉。不一會兒，那些狗又汪汪地叫著跑回來。剛開始時，動物們都想不出這些傢伙是從哪兒來的，但問題很快就弄明白了：他們正是早先被拿破崙從他們的母親身邊帶走的那些狗崽子，被拿破崙偷偷地養著。他們儘管還沒有完全長大，但個頭都不小，看上去凶得像狼。大家都注意到，他們始終緊挨著拿破崙，對他擺著尾巴。那姿勢，竟和別的狗過去對瓊斯先生的做法一模一樣。

這時，拿破崙在狗的尾隨下，登上那個當年梅傑發表演講的凸台，並宣佈，從今以後，星期天早晨的大會議就此告終。他說，那些會議毫無必要，又浪費時間。此後一切有關莊園工作的議題，將有一個由豬組成的特別委員會定奪，這個委員會由他親自統管。他們將在私下碰頭，然後把有關決策傳達給其他動物。動物們仍要在星期天早晨集合，向莊園的旗幟致敬，唱「英格蘭之獸」，並接受下一周的工作任務。但再也不搞什麼辯論了。

本來，雪球被逐已經對他們刺激不小了，但他們更為這個通告感到驚愕。有幾個動物想要抗議，卻可惜沒有找到合適的辯詞。甚至包克斯也感到茫然不解，他支起耳朵，抖動幾下額毛，費力地想理出個頭緒，結果沒想出任何可說的話。然而，有些豬倒十分清醒，四隻在前排的小肉豬不以為然地尖聲叫著，當即都跳起來準備發言。但突然間，圍坐在拿破崙身旁的那群狗發出一陣陰森恐怖的咆哮，於是，他們便沉默不語，重新坐了下去。接著，羊又聲音響亮地咩咩叫起「四條腿好，兩條腿壞！」一直持續了一刻鐘，從

而，所有討論一下的希望也付諸東流了。

後來，斯奎拉受命在莊園裡兜了一圈，就這個新的安排向動物作一解釋。「同志們」，他說，「我希望每一位在這兒的動物，會對拿破崙同志為承擔這些額外的勞動所作的犧牲而感激的。同志們，不要以為當領導是一種享受！恰恰相反，它是一項艱深而繁重的職責。沒有誰能比拿破崙同志更堅信所有動物一律平等。他也確實很想讓大家自己為自己作主。可是，萬一你們失策了，那麼同志們，我們會怎樣呢？要是你們決定按雪球的風車夢想跟從了他會怎樣呢？雪球這傢伙，就我們現在所知，不比一個壞蛋強多少。」

「他在牛棚大戰中作戰很勇敢，」有個動物說了一句。

「勇敢是不夠的，」斯奎拉說，「忠誠和服從更為重要。就牛棚大戰而言，我相信我們最終會有一天發現雪球的作用被吹得太大了。紀律，同志們，鐵的紀律！這是我們今天的口號。一步走錯，我們的仇敵便會來顛覆我

們。同志們，你們肯定不想讓瓊斯回來吧？」

這番論證同樣是無可辯駁的。毫無疑問，動物們害怕瓊斯回來；如果星期天早晨召集的辯論有導致他回來的可能，那麼辯論就應該停止。包克斯細細琢磨了好一陣子，說了句「如果這是拿破崙同志說，那就一定沒錯」，以此來表達他的整個感受。並且從此以後，他又用「拿破崙同志永遠正確」這句格言，作為對他個人的座右銘「我要更加努力工作」的補充。

到了天氣變暖，春耕已經開始的時候。那間雪球用來畫風車設計圖的小棚還一直被封著，大家想像著那些設計圖早已從地板上擦掉了。每星期天早晨十點鐘，動物們聚集在大穀倉，接受他們下一周的工作任務。如今，老梅傑的那個風乾了肉的顱骨，也已經從果園腳下挖了出來，駕在旗杆下的一個木墩上，位於槍的一側。升旗之後，動物們要按規定恭恭敬敬地列隊經過那個顱骨，然後才走進大穀倉。

近來，他們還沒有像早先那樣全坐在一起過。拿破崙同斯奎拉和另一不叫梅妮繆斯的豬，共同坐在前臺。這個梅妮繆斯具有非凡的天賦，擅於譜曲作詩。九條年輕的狗圍著它們成半圓形坐著。其他豬坐在後臺。別的動物面對著他們坐在大穀倉中間。拿破崙用一種粗暴的軍人風格，宣讀對下一周的安排，隨後只唱了一遍「英格蘭之獸」，所有的動物就解散了。

雪球被逐後的第三個星期天，拿破崙宣佈要建造風車，動物們聽到這個消息，終究有些吃驚。而拿破崙沒有為改變主意講述任何理由，只是簡單地告誡動物們，那項額外的任務將意味著非常艱苦的勞動：也許有必要縮減他們的食料。然而，設計圖已全部籌備好，並已經進入最後的細節部分。一個由豬組成的特別委員會為此在過去三周內一直工作著。風車的修建，加上其他一些各種各樣的改進，預期要兩年時間。

當天晚上，斯奎拉私下對其他動物解釋說，拿破崙從來沒有真正反對過風車。相反，正是由他最初做的建議。那個雪球畫在孵卵棚地板上的設計圖，實際上是他早先從拿破崙的筆記中剽竊的。事實上，風車是拿破崙自己的創造。於是，有的動物問道，為什麼他曾說它的壞話說得那麼厲害？在這一點上，斯奎拉顯得非常圓滑。他說，這是拿破崙同志的老練，他裝作反對風車，那只是一個計謀，目的在於驅除雪球這個隱患，這個壞東西。

既然現在雪球已經溜掉了，計畫也就能在沒有雪球妨礙的情況下順利進行了。斯奎拉說，這就是所謂的策略，他重複了好幾遍，「策略，同志們，策略！」一邊帶著歡快的笑聲，一邊甩動著尾巴，活蹦亂跳。動物們吃不准這些話的含意，可是斯奎拉講的如此富有說服力，加上趕巧了有三條狗和他在一起，又是那樣氣勢洶洶的狂叫著，因而他們沒有進一步再問什麼，就接受了他的解釋。

第六章

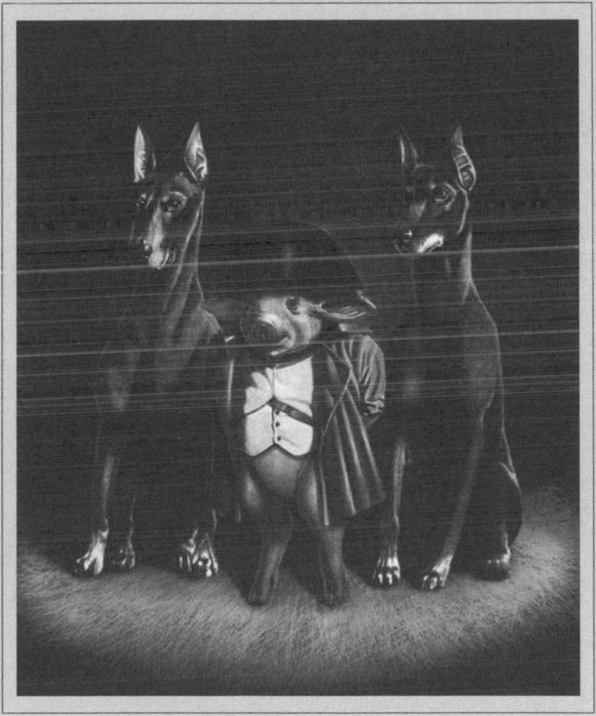

像奴隸一般幹活，一般快樂……

那一年，動物們幹起活來就像奴隸一樣。但他們樂在其中，流血流汗至犧牲也心甘情願，因為他們深深地意識到：他們幹的每件事都是為他們自己和未來的同類的利益，而不是為了那幫遊手好閒、偷懶成性的人類。

從初春到夏末這段時間裡，他們每週工作六十個小時。到了八月，拿破侖又宣佈，星期天下午也要安排工作。這項工作完全是自願性的，不過，無論哪個動物缺勤，他的口糧就要減去一半。即使這樣，大家還是發覺，有些活就是幹不完。收穫比去年要差一些，而且，因為耕作沒有及早完成，本來應該在初夏播種薯類作物的兩塊地也沒種成。可以預見，來冬將是一個艱難的季節。

風車的事引起了意外的難題。按說，莊園裡就有一個質地很好的石灰石礦，又在一間小屋裡發現了大量的沙子和水泥，這樣，所有的建築材料都已齊備。但問題是，動物們剛開始不知道如何才能把石頭弄碎到適用的規格。似乎除了動用十字鎬和撬棍之外，沒有別的辦法。可是，動物們都不能用後

腿站立，也就無法使用鎬和撬棍了。

在他們徒勞幾個星期之後，才有動物想出了一個好主意，就是利用重力的作用。再看那些巨大的圓石，雖然大都無法直接利用，但整個採石場上到處都是。於是，動物們用繩子綁住石頭，然後，由牛、馬、羊以及所有能抓住繩子的動物合在一起——甚至豬有時也在關鍵時刻搭個幫手——一起拖著石頭，慢慢地、慢慢地沿著坡拖到礦頂。到了那兒，把石頭從邊上推下去，在底下就摔成了碎塊。

這樣一來，運送的事倒顯得相對簡單一些了。馬駕著滿載的貨車運送，羊則一塊一塊地拖，就連穆麗和班傑明也套上一輛舊兩輪座車，貢獻出了他們的力量。這樣到了夏末，備用的石頭便積累足了，接著，在豬的監督下，工程就破土動工了。

但是，整個採石過程在當時卻進展緩慢，歷盡艱辛。把一塊圓石拖到礦頂，常常要竭盡全力幹整整一天，有些時候，石頭從崖上推下去了，卻沒有

摔碎。要是沒有包克斯，沒有他那幾乎能與所有其他動物合在一起相匹敵的力氣，恐怕什麼事都幹不成。每逢動物們發現圓石開始往下滑，他們自己正被拖下山坡而絕望地哭喊時，總是多虧包克斯拉住了繩索才穩了下來。

看著他蹄子尖緊扣著地面，一吋一吋吃力地爬著坡；看著他呼吸急促，巨大的身軀浸透了汗水，動物們無不滿懷欽佩和讚歎。克拉薇常常告誡他小心點，不要勞累過度了，但他從不放在心上。對他來說，「我要更加努力工作」和「拿破崙同志永遠正確」這兩句口頭禪，好像就足以回答所有的難題。他已同那隻小公雞商量好了，把原來每天早晨提前半小時叫醒他，改為提前三刻鐘。

同時，儘管近來業餘時間並不多，但他仍要在閒置時間裡，獨自到採石場去，在沒有任何幫手的情況下，裝上一車碎石，拖去倒在風車的地基裡。

這一夏季，儘管動物們工作得十分辛苦，他們的境況還不算太壞，雖然

他們得到的飼料不比瓊斯時期多，但至少也不比那時少。除了自己食用外，動物們不必去並供養那五個驕奢淫逸的人，這個優越性太顯著了，它足以使許多不足之處顯得不足為道。

另外，動物們幹活的方式，在許多情況下，不但效率高而且省力。比如鋤草這類活，動物們可以幹得完美無缺，而對人來說，這一點遠遠做不到。再說，如今的動物們都不偷不摸了，也就不必用籬笆把牧場和田地隔開，因此便省去了大量的維護樹籬和柵欄的勞力。

話雖如此，過了夏季，各種各樣意料不到的欠缺就暴露出來了。莊園裡需要煤油、釘子、線繩、狗食餅乾以及馬蹄上釘的鐵掌等等，但莊園裡又不出產這些東西。後來，又需要種子和人造化肥，還有各類工具以及風車用的機械。可是，如何搞到這些東西，動物們就都想像不出了。

一個星期天早晨，當動物們集合起來接受任務時，拿破崙宣佈，他已經

決定了一項新政策。說是往後動物莊園將要同鄰近的莊園做些交易，這當然不是為了任何商業目的，而是僅僅為了獲得某些急需的物資。他說，為風車所需要的東西一定要不惜一切代價。

因此，他止在準備出賣一堆乾草和當年的部分小麥收成，而且往後如果需要更多的錢的話，就得靠賣雞蛋來補充了，因為雞蛋在威靈頓總是有銷路的。拿破崙還說，雞應該高興地看到，這一犧牲就是他們對建造風車的特殊貢獻。

動物們再一次感到一種說不出的彆扭。決不和人打交道，決不從事交易，決不使用錢，這些最早就有的誓言，在瓊斯被逐後的第一次大會議上，不就已經確立了嗎？訂立這些誓言的情形至今都還歷歷在目；或者至少他們自以為還記得有這回事。

那四隻曾在拿破崙宣佈廢除大會議時提出抗議的幼豬膽怯地發言了，但在狗那可怕的咆哮聲下，很快又不吱聲了。接著，羊又照例咩咩地叫起「四

條腿好，兩條腿壞！」一時間的難堪局面也就順利地應付過去了。

最後，拿破崙抬起前蹄，平靜一下氣氛，宣佈說他已經作好了全部安排，任何動物都不必介入和人打交道這種明顯最為討厭的事體中。而他有意把全部重擔放在自己肩上。一個住在威靈頓的叫溫普爾先生的律師，已經同意擔當動物莊園和外部社會的仲介人，並且將在每個星期一早晨來訪以接受任務。最後，拿破崙照例喊一聲：「動物莊園萬歲！」就結束了整個講話。接著，動物們在唱完「英格蘭之獸」後，紛紛散場離去。

後來，斯奎拉在莊園裡轉了一圈才使動物們安心下來。他向他們打保票說，反對從事交易和用錢的誓言從來沒有通過過，搞不好連提議都不曾有過。這純粹是臆想，追溯其根源，很可能是雪球散佈的一個謊言。

對此，一些動物還是半信半疑，斯奎拉就狡黠問他們：「你們敢肯定這不是你們夢到一些事嗎？同志們！你們有任何關於這個誓約的記錄嗎？它寫在哪兒了？」自然，這類東西都從沒有見諸文字。因此，動物們便相信可能

是他們自己搞錯了。

那個溫普爾是個律師，長著絡腮鬍子，矮個子，看上去一臉奸詐相。他經辦的業務規模很小，但他卻精明過人，早就看出了動物莊園會需要經紀人，並且傭金會很可觀的。按協定，每個星期一溫普爾都要來莊園一趟。動物們看著他來來去去，猶有幾分畏懼，避之唯恐不及。

不過，在他們這些四條腿的動物看來，拿破崙向靠兩條腿站著的溫普餘發號施令的情景，激發了他們的自豪，這在一定程度上也讓他們感到這個新協議是順心的。現在，他們同人類的關係確實今非昔比了。但是，人們對動物莊園的嫉恨不但沒有因為它的興旺而有所消解，反而恨之彌深。而且每個人都懷著這樣一個信條：動物莊園遲早要破產，並且關鍵是，那個風車將是一堆廢墟。

他們在小酒店聚會，相互用圖表論證說風車註定要倒塌；或者說，即便

它能建成，那也永遠運轉不起來云云。雖然如此，他們對動物們管理自己莊園能力，也不由自主地刮目相看了。其中一個跡象就是，他們在稱呼動物莊園時，不再故意叫它曼諾莊園，而開始用動物莊園這個名正言順的名稱。他們放棄了對瓊斯的支持，而瓊斯自己也已是萬念俱焚，不再對收回他的莊園抱有希望，並且已經移居到國外另一個地方了。

如今，多虧了這個溫普爾，動物莊園才得以和外部社會接觸，但是不斷有小道消息說，拿破崙正準備同福克斯伍德的比爾金頓先生，或者是平哲菲爾德的弗雷德里克先生簽訂一項明確的商業協議，不過還提到，這個協議永遠不會同時和兩家簽訂的。

大概就是在這個時候，豬突然搬進了莊主院，並且住在那裡了。這一下，動物們又似乎想起了，有一條早先就立下的誓願是反對這樣做的。可斯奎拉又教他們認識到，事實並非如此。他說，豬是莊園的首腦，應該有一個安靜的工作場所，這一點絕對必要。再說，對領袖（近來他在談到拿破崙

時，已經開始用「領袖」這一尊稱了）的尊嚴來說，住在房屋裡要比住在純粹的豬圈裡更相稱一些。儘管這樣，在一聽到豬不但在廚房裡用餐，而且把客廳當作娛樂室佔用了之後，還是有一些動物為此深感不安。

包克斯到蠻不在乎，照例說了一句「拿破崙同志永遠正確。」但是克拉薇卻認為她記得有一條反對床鋪的誡律，她跑到大穀倉那裡，試圖從題寫在那兒的「七誡」中找出答案。結果發現她自己連單個的字母都不認不過來。她便找來穆麗。

「穆麗，」她說道，「你給我念一下第四條誡律，它是不是說決不睡在床上什麼的？」

穆麗好不容易才拼讀出來。

「它說，『任何動物不得臥床鋪蓋被褥』，」她終於念道。

克拉薇覺得太突兀了，她從不記得第四條誡律提到過被褥，可它既然就寫在牆上，那它一定本來就是這樣。趕巧這時候，斯奎拉在兩三條狗的陪伴

下路過這兒，他能從特殊的角度來說明整個問題——

「那麼，同志們，你們已經聽到我們豬現在睡到莊主院床上的事了？為什麼不呢？你們不想想，真的有過什麼誡律反對床嗎？床只不過是指一個睡覺的地方。如果正確看待的話，窩棚裡的稻草堆就是一張床。這條誡律是反對被褥的，因為被褥是人類發明的。我們已經把莊主院床上的被褥全撤掉了，而睡在毯子裡。它們也是多麼舒服的床啊！可是同志們，我可以告訴你們，現在所有的腦力工作得靠我們來做，和我們所需要的程度相比，這些東西並不見得舒服多少。同志們，你們不會不讓我們休息吧？你們不願使我們過於勞累而失職吧？肯定你們誰都不願意看到瓊斯回來吧？」

在這一點上，動物們立刻就使他消除了疑慮，也不再說什麼有關豬睡在莊主院床上的事了。而且數日之後，當宣佈說，往後豬的起床時間要比其他動物晚一小時，也沒有誰對此抱怨。

直到秋天，動物們都挺累的，卻也愉快。說起來他們已經在艱難中熬過整整一年了，並且在賣了部分乾草和玉米之後，準備過冬的飼料就根本不夠用了，但是，風車補償這一切，它這時差不多建到一半了。

秋收以後，天氣一直晴朗無雨，動物們幹起活來比以前更勤快了。他們整天拖著石塊，辛勞地來回奔忙。他們想著這樣一來，便能在一天之內把牆又加高一呎了，因而是多麼富有意義啊！

包克斯甚至在夜間也要出來，借著中秋的月光幹上一兩個小時。動物們則樂於在工餘時間繞著進行了一半的工程走來走去，對於那牆壁的強度和垂直度讚歎一番。並為他們竟能修建如此了不起的工程而感到驚喜交加。

唯獨老班傑明對風車毫無熱情，他如同往常一樣，除了說驢都長壽這句話神乎其神的話之外，就再也無所表示了。

十二月到了，帶來了猛烈的西北風。這時常常是雨天，沒法和水泥，建

造工程不得不中斷。後來有一個夜晚，狂風大作，整個莊園裡的窩棚從地基上都被搖撼了，大穀倉頂棚的一些瓦片也刮掉了。雞群在恐懼中嘎嘎亂叫著驚醒來，因為他們在睡夢中同時聽見遠處在打槍。早晨，動物們走出窩棚，發現旗杆已被風吹倒，果園邊上的一棵榆樹也像蘿蔔一樣被連根拔起。就在這個時候，所有的動物喉嚨裡突然爆發出一陣絕望的哭喊。

一幅可怕的景象呈現在他們面前：風車毀了。

他們不約而同地衝向現場。很少外出散步的拿破崙，率先跑在最前頭。是的，他們的全部奮鬥成果躺在那兒了，全部夷為平地了，他們好不容易弄碎又拉來的石頭四下散亂著。動物們心酸地凝視著倒塌下來的碎石塊，一下子說不出話來。拿破崙默默地來回踱著步，偶爾在地面上聞一聞，他的尾巴變得僵硬，並且還忽左忽右急劇地抽動，對他來說，這是緊張思維活動的表現。突然，他不動了，似乎心裡已有了主意。

「同志們，」他平靜地說，「你們知道這是誰做的孽嗎？那個昨晚來毀

了我們風車的仇敵你們認識嗎？雪球！」

他突然用雷鳴般的嗓音吼道：「這是雪球幹的！這個叛徒用心何其毒也，他摸黑爬到這兒，毀了我們近一年的勞動成果。他企圖借此阻撓我們的計畫，並為他可恥的被逐報復。同志們，此時此刻，我宣佈判處雪球死刑。並給任何對他依法懲處的動物授予『二級動物英雄』勳章和半蒲式耳蘋果，活捉他的動物將得到整整一蒲式耳蘋果。」

動物們得知雪球竟能犯卜如此罪行，無不感到十分憤慨。於是，他們在一陣怒吼之後，就開始想像如何在雪球再回來時捉住他。差不多就在同時，在離小山墩不遠的草地上，發現了豬蹄印。那些蹄印只能跟蹤出幾步遠，但看上去是朝著樹籬缺口方向的。拿破崙對著蹄印仔細地嗅了一番，便一口咬定那蹄印是雪球的，他個人認為雪球有可能是從福克斯伍德莊園方向來的。

「不要再遲疑了，同志們！」拿破崙在查看了蹄印後說道：「還有工作

要幹，我們正是要從今天早晨起，開始重建風車，而且經過這個冬天，我們要把它建成。風雨無阻。我們要讓這個卑鄙的叛徒知道，他不能就這樣輕而易舉地破壞我們的工作。記住，同志們，我們的計畫不僅不會有任何變更，反而要一絲不苟地實行下去。前進，同志們！風車萬歲！動物莊園萬歲！」

第七章

「雪球」是一個叛逆者嗎？

那是一個寒冷的冬天。狂風暴雨的天氣剛剛過去，這又下起了雨夾雪，接著又是大雪紛飛。然後，嚴寒來了，冰天凍地一般，直到二月才見和緩。動物們都在全力以赴地趕建風車，因為他們都十分清楚：外界正在注視著他們，如果風車不能重新及時建成，那些妒火中燒的人類，便會為此而幸災樂禍的。

那些人不懷好意，佯稱他們不相信風車會是雪球毀壞的。他們說，風車之所以倒塌純粹是因為牆座太薄。而動物們認為事實並非如此。不過，他們還是決定這一次要把牆築到三呎厚，而不是上一次的一呎半。這就意味著得採集更多的石頭。但採石場上好長時間積雪成堆，什麼事也幹不成。

後來，嚴冬的天氣變得乾燥了，倒是幹了一些活，但那卻是一項苦不堪言的勞作，動物們再也不像先前那樣滿懷希望、信心十足。它們總感到冷，又常常覺得餓。

只有包克斯和克拉薇從不氣餒。斯奎拉則時不時來一段關於什麼勞動的

樂趣以及勞工神聖之類的精彩演講，但使其他動物受到鼓舞更大的，卻來自包克斯的踏實肯幹和他總是掛在嘴邊的口頭禪：「我要更加努力工作。」

一月份，食物就開始短缺了。穀類飼料急驟減少，有通知說要發給額外的土豆來彌補。可隨後卻發現由於地窖上面蓋得不夠厚，絕大部分土豆都已受凍而發軟變壞了，只有很少一些還可以吃。這段時間裡，動物們已有好些天除了吃穀糠和蘿蔔外，再也沒有別的可吃的了，他們差不多面臨著饑荒。

對外遮掩這一實情是非常必要的。風車的倒塌已經給人壯了膽，他們因而就捏造出有關動物莊園的新奇的謊言。

這一次，外面又謠傳說他們這裡所有的動物都在饑荒和瘟疫中垂死掙扎，而且說他們內部不斷自相殘殺，已經到了以同類相食和吞食幼崽度日的地步。拿破崙清醒地意識倒飼料短缺的真相被外界知道後的嚴重後果，因而決意利用溫普爾先生散佈一些相反的言論。

本來，到目前為止，對溫普爾的每週一次來訪，動物們還幾乎與他沒有什麼接觸。可是這一次，他們卻挑選了一些動物，大都是羊，要他們在溫普爾能聽得到的地方，裝作是在無意的聊天中談有關飼料糧增加的事。

這還不夠，拿破崙又讓儲藏棚裡那些幾乎已是完全空空如也的大箱子滿沙子，然後把剩下的飼料糧蓋在上面。最後找個適當的藉口，把溫普爾領到儲藏棚，讓他瞥上一眼。溫普爾被矇騙過去了，就不斷在外界報告說，動物莊園根本不缺飼料云云。

然而，快到一月底的時候，問題就變得突出了，其關鍵就是，必須得從某個地方弄到些額外的糧食。而這些天來，拿破崙輕易不露面，整天就待在莊主院裡，那兒的每道門都由氣勢洶洶的狗把守著。一旦他要出來，也必是一本正經，而且，還有六條狗前呼後擁著，不管誰要走近，那些狗都會吼叫起來。甚至在星期天早晨，他也常常不露面，而由其他一頭豬，通常是——斯奎拉來發佈他的指示。

一個星期天早晨，斯奎拉宣佈說，所有重新開始下蛋的雞，必須把雞蛋上交。因為通過溫普爾牽線，拿破崙已經承諾了一項每週支付四百隻雞蛋的合同。這些雞蛋所賺的錢可買回很多飼糧，莊園也就可以堅持到夏季，那時，情況就好轉了。

雞一聽到這些，便提出了強烈的抗議。雖然在此之前就已經有過預先通知，說這種犧牲恐怕是必不可少的，但他們並不相信真會發生這種事。此時，他們剛把春季孵小雞用的蛋準備好，因而便抗議說，現在拿走雞蛋就是謀財害命。於是，為了攪亂拿破崙的計畫，他們在三隻年輕的黑米諾卡雞的帶動下，索性豁出去了。他們的做法是飛到椽子上下蛋，雞蛋落到地上便打得粉碎。這是自瓊斯被逐以後第一次帶有反叛味的行為。

對此，拿破崙立即採取嚴厲措施。他指示停止給雞供應飼料，同時下令，任何動物，不論是誰，哪怕給雞一粒糧食都要被處以死刑。這些命令由狗來負責執行。堅持了五天的雞最後投降了，又回到了雞窩裡。在這期間共

有九隻雞死去，遺體都埋到了果園裡，對外則說他們是死於雞瘟。

對於此事，溫普爾一點也不知道，雞蛋按時交付，每週都由一輛食品車來莊園拉一次。

這段時間裡，一直都沒有再見到雪球。有謠傳說他躲在附近的莊園裡，不是在福克斯伍德莊園就是在平哲菲爾德莊園。此時，拿破崙和其他莊園的關係也比以前稍微改善了些。

碰巧，在莊園的場院裡，有一堆十年前在清理一片櫸樹林時堆在那兒的木材，至今已經很合用了。於是溫普爾就建議拿破崙把它賣掉。比爾金頓先生和弗雷德里克先生都十分想買。可拿破崙還在猶豫，拿不准賣給誰好。大家注意到，每當他似乎要和弗雷德里克先生達成協議的時候，就有謠傳說雪球正躲在福克斯伍德莊園；而當他打算傾向於比爾金頓時，就又有謠傳說雪球是在平哲菲爾德莊園裡。

初春時節，突然間有一件事震驚了莊園。說是雪球常在夜間秘密地潛入莊園！動物們嚇壞了，躲在窩棚裡夜不能寐。據說，每天晚上他都在夜幕的掩護下潛入莊園，無惡不作。他偷走穀子，弄翻牛奶桶，打碎雞蛋，踐踏苗圃，咬掉果樹皮。不論什麼時候什麼事情搞糟了，通常都要推到雪球身上，要是一扇窗子壞了或者水道堵塞了，准有某個動物斷定這是雪球在夜間幹的。儲藏棚的鑰匙丟了，所有動物都堅信是雪球給扔到井裡去了。奇怪的是，甚至在發現鑰匙原來是被誤放在一袋麵粉底下之後，他們還是這樣堅信不移。牛異口同聲地聲稱雪球在她們睡覺時溜進牛棚，吸了她們的奶。那些在冬天曾給她們帶來煩惱的老鼠，也被指責為雪球的同夥。

拿破崙下令對雪球的活動進行一次全面調查。他在狗的護衛下，開始對莊園的窩棚進行一次仔細的巡迴檢查，其他動物謙恭地在幾步之外尾隨著。每走幾步，拿破崙就停下來，嗅一嗅地面上是否有雪球的氣味。

他說「他能借此分辨出雪球的蹄印。他嗅遍了每一個角落，從大穀倉、

牛棚到雞窩和蘋果園，幾乎到處都發現了雪球的蹤跡。每到一處他就把嘴伸到地上，深深地吸上幾下，便以驚異的語氣大叫到：「雪球！他到過這兒！我能清楚地嗅出來！」一聽到「雪球」，所有的狗都呲牙咧嘴，發出一陣令動物們膽顫心驚的咆哮。

動物們被徹底嚇壞了。對他們來說，雪球就象某種看不見的惡魔，浸透在他們周圍的空間，以各種危險威脅著他們。到了晚上，斯奎拉把他們召集起來，帶著一幅惶恐不安的神情說，他有要事相告。

「同志們！」斯奎拉邊神經質地蹦跳著邊大叫道，「發現了一件最為可怕的事，雪球已經投靠了平哲菲爾德莊園的弗雷德里克了。而那傢伙正在策劃著襲擊我們，企圖獨佔我們的莊園！雪球將在襲擊中給他帶路。

「更糟糕的是，我們曾以為，雪球的造反是出自於自命不凡和野心勃勃。但我們搞錯了，同志們，你們知道真正的動機是什麼嗎？雪球從一開始

就和瓊斯是一夥的！他自始至終都是瓊斯的密探。我們剛剛發現了一些他丟下的文件，這一點在那些文件中完全得到了證實。同志們，依我看，這就能說明不少問題了。在牛棚大戰中，雖然幸虧他的陰謀沒有得逞，但他想使我們遭到毀滅的企圖，難道不是我們有目共睹的嗎？」

大家都怔住了。比起雪球毀壞風車一事，這一罪孽要嚴重得多了。

但是，他們在完全接受這一點之前，卻猶豫了好幾分鐘，他們都記得，或者自以為還記得，在牛棚大戰中，他們曾看到的是雪球在帶頭衝鋒陷陣，並不時的重整旗鼓，而且，即使在瓊斯的子彈已射進它的脊背時也毫不退縮。對此，他們首先就感到困惑不解，這怎麼能說明他是站在瓊斯一邊的呢？就連很少質疑的包克斯也或然不解。他臥在地上，前腿彎在身子底下，眼睛緊閉著，絞盡腦汁想理順他的思路。

「我不信，」他說道，「雪球在牛棚大戰中作戰勇敢，這是我親眼看到

的。戰鬥一結束，我們不是就立刻授予他『一級動物英雄』勳章了嗎？」

「那是我們的失誤，同志們，因為我們現在才知道，他實際上是想誘使我們走向滅亡。在我們已經發現的秘密文件中，這一點寫得清清楚楚。」

「但是他負傷了，」包克斯說，「我們都看見他在流著血衝鋒。」

「那也是預謀中的一部分！」斯奎拉叫道，「瓊斯的子彈只不過擦了一下他的皮而已。要是你能識字的話，我會把他自己寫的文件拿給你看的。他們的陰謀，就是在關鍵時刻發出一個信號，讓雪球逃跑並把莊園留給敵人。他差不多就要成功了，我甚至敢說，要是沒有我們英勇的領袖拿破崙同志，他早就得逞了。難道你們不記得了，就在瓊斯一夥人衝進院子的時候，雪球突然轉身就逃，於是很多動物都跟著他跑了嗎？

還有，就在那一會兒，都亂套了，幾乎都要完了，拿破崙同志突然衝上前去，大喊：『消滅人類！』同時咬住了瓊斯的腿，這一點難道你們不記得了嗎？你們肯定記得這些吧？」斯奎拉一邊左右蹦跳，一邊大聲叫著。

既然斯奎拉把那一場景描述得如此形象生動，動物們便似乎覺得，他們果真記得有這麼回事。不管怎麼說，他們記得在激戰的關鍵時刻，雪球曾經掉頭逃過。但是包克斯還有一些感到不自在。

他終於說道：「我不相信雪球一開始就是一個叛徒。他後來的所作所為是另一回事，但我認為在牛棚大戰中，他是一個好同志。」

「我們的領袖，拿破崙同志，」斯奎拉以緩慢而堅定的語氣宣告，「已經明確地——明確了，同志們——聲明雪球一開始就是瓊斯的奸細，是的，遠在想著起義前就是的。」

「噢，這就不一樣了！如果這是拿破崙同志說的，那就肯定不會錯。」包克斯諂媚地說。

「這是事實的真相，同志們！」斯奎拉大叫著。但動物們注意到他那閃亮的小眼睛向包克斯怪模怪樣地瞥了一眼。在他轉身要走時，停下來又強調了一句：「我提醒莊園的每個動物要睜大眼睛。我們有理由相信，眼下，雪球的密探正在我們中間潛伏著！」

四天以後，在下午的晚些時候，拿破崙召集所有的動物在院子裡開會。他們集合好後，拿破崙從屋裡出來了，佩戴著他的兩枚勳章（他最近已授予他自己「一級動物英雄」和「二級動物英雄」勳章），還帶著他那九條大狗，那些狗圍著他蹦來蹦去，發出讓所有動物都毛骨悚然的吼叫。動物們默默地蜷縮在那裡，似乎預感到要發生什麼可怕的事。

拿破崙嚴厲地站在那兒向下面掃了一眼，接著便發出一聲尖細的驚叫。於是，那些狗就立刻衝上前咬住了四頭豬的耳朵，把他們往外拖。那四頭豬在疼痛和恐懼中嗥叫著，被拖到拿破崙腳下。豬的耳朵流出血來。狗嘗到了血腥味，發狂了好一會兒。然而，更使所有動物感到驚愕的是，有三條狗向包克斯撲去。

包克斯看到他們來了，就伸出巨掌，在半空中逮住一條狗，把他踩在地

上。那條狗尖叫著求饒，另外兩條狗夾著尾巴飛跑回來了。包克斯看著拿破崙，想知道是該把那狗壓死呢還是放掉。拿破崙變了臉色，他厲聲喝令包克斯把狗放掉。包克斯抬起掌，狗帶著傷哀號著溜走了。

喧囂立即平靜下來了。那四頭豬渾身發抖地等待發落，面孔上的每道皺紋似乎都刻寫著他們的罪狀。他們正是抗議拿破崙廢除星期天大會議的那四頭豬。拿破崙喝令他們坦白罪行。他們沒等進一步督促就交代說，他們從雪球被驅逐以後一直和他保持秘密接觸，還配合他搗毀風車，並和他達成一項協定，打算把動物莊園拱手讓給弗雷德里克先生。他們還補充說雪球曾在私下裡對他們承認，他過去幾年來一直是瓊斯的特務，他們剛一坦白完，狗就立刻咬穿了他們的喉嚨。這時，拿破崙聲色俱厲地質問別的動物還有什麼要坦白的。

那三隻曾經試圖通過雞蛋事件領頭鬧事的雞走上前去，說雪球曾在她們的夢中顯現，並煽動她們違抗拿破崙的命令。她們也被殺掉了。接著一隻鵝

上前坦白，說他曾在去年收割季節藏了六穗穀子，並在當天晚上吃掉了。隨後一隻羊坦白說她曾向飲水池裡撒過尿，她說是雪球驅使她這麼幹的。另外兩隻羊交待道，他們曾經謀殺了一隻老公羊，一隻十分忠實的拿破崙的信徒，他們在他正患咳嗽時，追著他圍著火堆轉來轉去。這些動物都被當場殺掉了。口供和死刑就這樣進行著，直到拿破崙腳前堆起一堆屍體。空氣中彌漫著濃重的血腥味，這樣的事情自從趕走瓊斯以來還一直是聞所未聞的。

等這一切都過去了，剩下的動物，除了豬和狗以來，便都擠成一堆溜走了。他們感到震驚，感到害怕，但卻說不清到底什麼更使他們害怕——是那些和雪球結成同盟的叛逆更可怕呢，還是剛剛目睹的對這些叛逆的殘忍的懲罰更可怕。過去，和這種血流遍地的情景同樣可怕的事也時常可見，但對他們來說是一次要陰森得多，因為這就發生在他們自己同志中間。從瓊斯逃離莊園至今，沒有一個動物殺害過其他動物，就連老鼠也未曾受害。

這時，他們已經走到小山墩上，幹了一半的風車就矗立在那裡，大夥不約而同地躺下來，並擠在一起取暖。克拉薇、穆麗、班傑明、牛、羊及一群鵝和雞，實際上，除了那隻貓外全都在這兒，貓在拿破崙命令所有動物集合的時候突然失蹤了。一時間，大家都默默不語，只有包克斯還繼續站著，一邊煩躁不安地走來走去，一邊用他那又長又黑的尾巴不斷地在自己身上抽打著。偶爾還發出一絲驚叫聲，最後他說話了。

「我不明白，我真不願相信這種事會發生在我們莊園裡，這一定得歸咎於我們自己的某些失誤。要解決這個，我想關鍵就是要更加努力地工作，從今天起，早上我要提前一個小時起床。」

他步履沉重地走開了，走向採石場。到了那兒，他便連續收集了兩車石頭，並且都拉到風車那裡，一直忙到晚上才收工。

動物們擠在克拉薇周圍默默不語。從他們躺著的地方，可以俯視整個村莊，在那裡，動物莊園的絕大部分都盡收眼底。他們看到：狹長的牧場伸向那條大路，耕種過的地裡長著茁壯而碧綠的麥苗，還有草灘、樹林、飲水、池塘，以及莊園裡的紅色屋頂和那煙囪裡冒出的裊裊青煙。

這是一個晴朗的春天的傍晚，夕陽的光輝灑在草地和茂盛的叢林上，蕩漾著片片金輝。他們此刻忽然想到，這是他們自己的莊園，每一吋土地都歸他們自己所有，這是他們感到十分驚訝，因為在此之前，他們從未發現這裡竟是如此令他們心馳神往。克拉薇看著下面的山坡，熱淚不禁湧上眼眶。如果她有辦法說出此時的想法的話，她肯定就會這樣說，現在的情形可不是幾年前他們為推翻人類而努力奮鬥的目標，這些可怕的情形以及這種殺戮並不是他們在老梅傑第一次鼓動起義的那天晚上所向往的。

對於未來，如果說她還曾有過什麼構想，那就一定是構想了這樣一個社會：在那裡，沒有饑餓和鞭子的折磨，一律平等，各盡其能，強者保護弱者，就像是在梅傑講演的那天晚上，她曾經用前腿保護著那是最後才到的一

群小鴨子一樣。但現在她不明白——為什麼他們現在竟處在一個不敢講真話的世界裡。當那些氣勢洶洶的狗到處咆哮的時候，當眼看著自己的同志在坦白了可怕的罪行後被撕成碎片而無可奈何的時候，她的心裡沒有反叛或者違命的念頭。

她知道，儘管如此，他們現在也比瓊斯在的時候強多了，再說，他們的當務之急還是要防備人類捲土重來。不管出了什麼事，她都要依然忠心耿耿，辛勤勞動，服從拿破崙的領導，完成交給自己的任務。然而，她仍相信，她和其他的動物曾期望並為之操勞的，並不是今天這般情景；他們建造風車，勇敢地冒著瓊斯的槍林彈雨衝鋒陷陣也不是為著這些。這就是她所想的，儘管她還一下說不清。

最後，她覺得實在找不到什麼合適的措詞，而只能換個方式來表達，於是便開始唱「英格蘭之獸」。圍在她周圍的動物跟著唱起來。他們唱了三遍，唱得十分和諧，但卻緩慢而淒然。他們以前還從來沒有用這種唱法來唱

過這支歌呢！

他們剛唱完第三遍，斯奎拉就在兩條狗的陪同下，面帶著要說什麼大事的神情向他們走過來。他宣佈，遵照拿破崙同志的一項特別命令，「英格蘭之獸」已被廢止了。從今以後禁止再唱這首歌。

動物們怔住了。

「為什麼？」穆麗嚷道。

「不需要了，同志們，」斯奎拉冷冷地說到，『英格蘭之獸』是起義用的歌。但起義已經成功，今天下午對叛徒的處決就是最後的行動。另外仇敵已經全部打垮了。我們在『英格蘭之獸』中表達的是在當時對未來美好社會的渴望，但這個社會現在已經建立。這首歌明顯不再有任何意義了。」

他們感到害怕，可是，恐怕還是有些動物要提出抗議。但就在這時，羊大聲地咩咩叫起那套老調子來：「四條腿好，兩條腿壞。」持續了好幾分鐘，也就結束了這場爭議。

於是，再也聽不到「英格蘭之獸」這首歌了，取而代之的，是善寫詩的梅妮繆斯寫的另外一首歌，它是這樣開頭的：

動物莊園，動物莊園，
我永遠不會損害您！

從此，每個星期天早晨升旗之後就唱這首歌，但不知怎麼搞的，對動物們來說，無論是詞、還是曲，這首歌似乎都不再能和「英格蘭之獸」相提並論了。

第八章

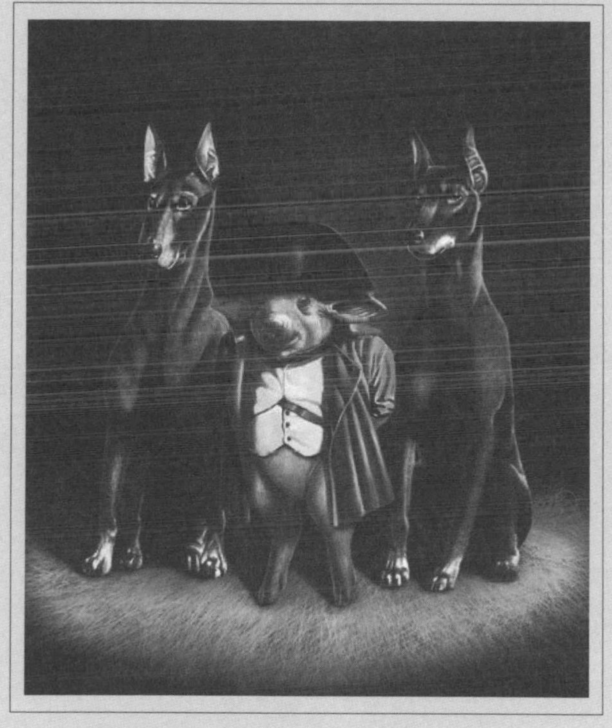

開始產生矛盾的「七誡」……

幾天以後，這次行刑引起的恐慌已經平息下來後，有些動物才想起了第六條誡律中已經規定：「任何動物不得傷害其他動物」，至少他們自以為記得有這條規定。儘管在提起這個話題時，誰也不願讓豬和狗聽見，但他們還是覺得這次殺戮與這一條誡律不相符。克拉薇請求班傑明給她念一下第六條誡律，而班傑明卻像往常一樣說他不願介入這類事情。她又找來穆麗。穆麗就給她念了，上面寫著：「任何動物不得傷害其他動物而無緣無故」。對後面這五個字，動物們不知怎麼回事就是不記得了。但他們現在卻清楚地看到，殺掉那些與雪球串通一氣的叛徒是有充分根據的，它並沒有違犯誡律。

整整這一年，動物們比前些年幹得更加賣力。重建風車，不但要把牆築得比上一次厚一倍，還要按預定日期完成；再加上莊園裡那些日常性活計，這兩項合在一起，任務十分繁重。對動物來說，他們已經不止一次感覺到，現在幹活時間比瓊斯先生時期長，但吃得卻並不比那時強。每到星期天早

上，斯奎拉蹄子上就捏著一張長紙條，向他們發佈各類食物產量增加的一系列資料，根據內容分門別類，有的增加了百分之二百，有的增加了百分之三百或者百分之五百。動物們覺得沒有任何理由不相信他，尤其是因為他們再也記不清楚起義前的情形到底是什麼樣了。不過，他們常常覺得，寧願要這些數字少一些，而吃得更多些。

現在所有的命令都是通過斯奎拉，或者另外一頭豬發佈的。拿破崙自己則兩星期也難得露一次面。一旦他要出來了，他就不僅要帶著狗侍衛，而且還要有一隻黑色小公雞，像號手一樣在前面開道。在拿破崙講話之前，公雞先要響亮地啼叫一下「喔——喔——喔！」

據說，這是在莊主院，拿破崙也和別的豬分開居住的。用他在兩頭狗的侍侯下獨自用餐，而且還總要德貝陶瓷餐具用餐，那些餐具原來陳列在客廳的玻璃櫥櫃裡。另外，有通告說，每年逢拿破崙生日也要鳴槍，就向其他兩個紀念日一樣。

如今，對拿破崙給不能簡單地直呼「拿破崙」了。提到他就要用正式的尊稱：「我們的領袖拿破崙同志」，而那些豬還喜歡給他冠以這樣一些頭銜，如「動物之父」，「人類剋星」，「羊的保護神」，「鴨子的至親」等等。斯奎拉每次演講時，總要淚流滿面地大談一番拿破崙的智慧和他的好心腸，說他對普天之下的動物，尤其是對那些還不幸地生活在其它莊園裡的受歧視和受奴役的動物，滿懷著深摯的愛等等。

在莊園裡，把每遇到一件幸運之事，每取得一項成就的榮譽歸於拿破崙已成了家常便飯。你會常常聽到一隻雞對另一隻雞這樣講道：「在我們的領袖拿破崙的指引下，我在六天之內下了五個蛋，」或者兩頭正在飲水的牛聲稱：「多虧拿破崙同志的領導，這水喝起來真甜！」莊園裡的動物們的整個精神狀態，充分體現在一首名為「拿破崙同志」的詩中，詩是梅妮繆斯編寫

的，全詩如下：

孤兒之至親！
幸福之源泉！
賜給食料的的恩主！
您雙目堅毅沉靜
如日當空，
仰著看您
啊！我滿懷激情
拿破崙同志！

是您賜予
您那眾生靈所期求之一切，

每日兩餐飽食，
還有那潔淨的草墊，
每個動物不論大小，
都在窩棚中平靜歇睡，
因為有您在照看，
拿破崙同志！

我要是有頭幼崽，
在他長大以前，
哪怕他小得像奶瓶、像小桶，
他也應學會
用忠誠和老實待您，
放心吧，

他的第一聲尖叫肯定是——
「拿破崙同志！」

拿破崙對這首詩很滿意，並讓手下把它刻在大穀倉的牆上，位於與「七誡」相對的另一頭。詩的上方是拿破崙的一幅側身畫像，是斯奎拉用白漆畫上去的。

在這期間，由溫普爾牽線，拿破崙正著手與弗雷德里克及比爾金頓進行一系列繁冗的談判。那堆木材至今還沒有賣掉。在這兩個人中，弗雷德里克更急著要買，但他又不願意出一個公道的價錢。

與此同時，有一個過時的消息重新開始流傳，說弗雷德里克和他的夥計們在密謀襲擊動物莊園，並想把那個他嫉恨已久的風車毀掉，據說雪球就藏在平哲菲爾德莊園。仲夏時節，動物們又驚訝地聽說，另外有三隻雞也主動坦白交待，說他們曾受雪球的煽動，參與過一起刺殺拿破崙的陰謀。那三隻

雞立即被處決了，隨後，為了拿破崙的安全起見，又採取了新的戒備措施，夜間有四條狗守衛著他的床，每個床腳一條狗，一頭名叫平克艾的豬，接受了在拿破崙吃飯前品嘗他的食物的任務，以防食物有毒。

差不多同時，有通知說拿破崙決定把那堆木材賣給比爾金頓先生；他還擬訂一項關於動物莊園和福克斯伍德莊園交換某些產品的長期協定。儘管是通過溫普爾牽線，但拿破崙和比爾金頓現在的關係可以說是相當不錯的。

對於比爾金頓這個人，動物們並不信任。但他們更不信任弗雷德里克，他們對他又怕又恨。

夏天過去了，風車即將竣工，那個關於弗雷德里克將要襲擊莊園的風聲越來越緊。據說危險已經迫在眉睫，而且，弗雷德里克打算帶二十個全副武裝的人來，還說他已經買通了地方官員和員警，這樣，一旦他能把動物莊園的地契弄到手，就會得到他們的認可。

更有甚者，從平哲菲爾德莊園透露出許多可怕的消息，說弗雷德里克正用他的動物進行殘酷無情的演習。他用鞭子抽死了一匹老馬，餓他的牛，還把一條狗扔到爐子裡燒死了，到了晚上，他就把刮臉刀碎片綁在雞爪子上看鬥雞取樂。聽到這些正加害在他們同志身上的事，動物們群情激憤，個個熱血沸騰，他們不時叫嚷著要一起去進攻平哲菲爾德莊園，趕走那裡的人，去解放那裡的動物。但斯奎拉告誡動物們，要避免草率行動，要相信拿破崙的戰略佈署。

儘管如此，反對弗雷德里克的情緒還是越來越高漲。在一個星期天早上，拿破崙來到大穀倉，他解釋說他從來未打算把那堆木料賣給弗雷德里克。他說，和那個惡棍打交道有辱他的身份。為了向外傳播起義消息而放出去的鴿子，以後不准在福克斯伍德莊園落腳。他還下令，把他們以前的口號「打倒人類」換成「打倒弗雷德里克」。

夏末，雪球的另一個陰謀又被揭露了，麥田裡長滿了雜草，原來發現是

他在某個夜晚潛入莊園後，往糧種裡拌了草籽。一隻與此事件有牽連的雄雞向斯奎拉坦白了這一罪行，隨後，他就吞食了劇毒草莓自盡了。

動物們現在還得知，和他們一直想像的情況正相反，雪球從來都沒有受到過「一級動物英雄」嘉獎。受獎的事只不過是在牛棚大戰後，雪球自己散佈的一個神話。根本就沒有給他授勳這回事，倒是因為他在戰鬥中表現怯懦而早就受到譴責。有些動物又一次感到不好接受，但斯奎拉很快就使他們相信是他們記錯了。

到了秋天，動物們在保證完成收割的情況下，竭盡全力，終於使風車竣工了，而且幾乎是和收割同時完成的。接下來還得安裝機器，溫普爾正在為購買機器的事而奔忙，但是到此為止，風車主體已經建成。且不說他們經歷的每一步如何困難，不管他們的經驗多麼不足，工具多麼原始，運氣多麼不佳，雪球的詭計多麼陰險，整個工程到此已經一絲不差按時竣工了！

動物們精疲力盡，但卻倍感自豪，他們繞著他們自己的這一傑作不停地轉來轉去。在他們眼裡，風車比第一次築得漂亮多了，另外，牆座也比第一次的厚一倍。這一次，除了炸藥，什麼東西都休想摧毀它們！

回想起來，他們為此不知流過多少血和汗，又克服了不知多少個困難，但是一想到一旦當風車的翼板轉動就能帶動發電機，就會給他們的生活帶來巨大的改觀，——想到這前前後後的一切，他們於是就忘卻了疲勞，而且還一邊得意地狂呼著，一邊圍著風車雀躍不已。拿破崙在狗和公雞的前呼後擁下，親自蒞臨視察，並親自對動物們的成功表示祝賀，還宣佈，這個風車要命名為「拿破崙風車」。

兩天後，動物們被召集到大穀倉召開一次特別會議。拿破崙宣佈，他已經把那堆木料賣給了弗雷德里克，再過一天，弗雷德里克就要來拉貨。頓時，動物們一個個都驚得目瞪口呆。在整個這段時間裡，拿破崙只是與比爾

金頓表面上友好而已，實際上他已和弗雷德里克達成了秘密協定。

與福克斯伍德莊園的關係已經完全破裂了，他們就向比爾金頓發出了侮辱信，並通知鴿子以後要避開平哲菲爾德莊園，還把「打倒弗雷德里克」的口號改為「打倒比爾金頓」。同時，拿破崙斷然地告訴動物們說，所謂動物莊園面臨著一個迫在眉睫的襲擊的說法是徹頭徹尾的謊言，還有，有關弗雷德里克虐待他的動物的謠傳，也是被嚴重地誇張了的。所有的謠言都極可能來自雪球及其同夥。

總之，現在看來雪球並沒有藏在平哲菲爾德莊園。事實上他生平從來沒有到過那兒，他止住在福克斯伍德莊園，據說生活得相當奢侈。而且多年來，他一直就是比爾金頓門下的一個地地道道的食客。

豬無不為拿破崙的老練欣喜若狂。他表面上與比爾金頓友好，這就迫使弗雷德里克把價錢提高了十二英鎊。斯奎拉說，拿破崙思想上的卓越之處，

實際上就體現在他對任何人都不信任上，即使對弗雷德里克也是如此。弗雷德里克曾打算用一種叫做支票的東西支付木料錢，那玩意兒差不多只是一張紙，只不過寫著保證支付之類的諾言而已，但拿破崙根本不是他能糊弄得了的，他要求用真正的五英鎊票子付款，而且要在運木料之前交付。弗雷德里克已經如數付清，所付的數目剛好夠為大風車買機器用。

這期間，木料很快就被拉走了，等全部拉完之後，在大穀倉裡又召開了一次特別會議，讓動物們觀賞弗雷德里克付給的鈔票。拿破崙笑顏逐開，心花怒放，他戴著他的兩枚勳章，端坐在那個凸出的草墊子上，錢就在他身邊，整齊地堆放在從莊主院廚房裡拿來的瓷盤子上。動物們排成一行慢慢走過，無不大飽眼福。包克斯還伸出鼻子嗅了嗅那鈔票，隨著他的呼吸，還激起了一股稀稀的白末屑和嘶嘶作響聲。

三天以後，在一陣震耳的嘈雜聲中，只見溫普爾騎著自行車飛快趕來，

面色如死人一般蒼白。他把自行車在院子裡就地一扔，就徑直衝進莊主院。過來一會，就在拿破崙的房間裡響起一陣哽噎著嗓子的怒吼聲。出事了，這消息像野火一般傳遍整個莊園。

鈔票是假的！弗雷德里克白白地拉走了木料！

拿破崙立即把所有動物召集在一起，咬牙切齒地宣佈，判處弗雷德里克死刑。他說，要是抓住這傢伙，就要把他活活煮死。同時他告誡他們，繼這個陰險的背信棄義的行動之後，最糟糕的事情也就會一觸即發了。弗雷德裡克和他的同夥隨時都可能發動他們蓄謀已久的襲擊。因此，已在所有通向莊園的路口安裝了崗哨。另外，四隻鴿子給福克斯伍德莊園送去和好的信件，希望與比爾金頓重修舊好。

就在第二天早晨，敵人開始襲擊了。當時動物們正在吃早飯，哨兵飛奔來報，說弗雷德里克及其隨從已經走進了大柵門。動物們勇氣十足，立刻就向敵人迎頭出擊，但這一回他們可沒有像牛棚大戰那樣輕易取勝。敵方這一

次共有十五個人，六條槍，他們一走到距離五十碼處就立刻開火。可怕的槍聲和惡毒的子彈使動物們無法抵擋，雖然拿破崙和包克斯好不容易才把他們集結起來，可不一會兒他們就又被打退了回來。很多動物已經負傷。

於是，他們紛紛逃進莊園的窩棚裡躲了起來，小心翼翼地透過牆縫，透過木板上的節疤孔往外窺探。只見整個大牧場，還有風車，都已落到敵人手中。此時就連拿破崙似乎也已不知所措了。他一言不發，走來走去，尾巴變得僵硬，而且還不停抽搐著。他不時朝著福克斯伍德莊園方向瞥去渴望的眼光。如果比爾金頓和他手下的人幫他們一把的話，這場拼鬥還可以打勝。但正在此刻，前一天派出的四隻鴿子返回來了，其中有一隻帶著比爾金頓的一張小紙片。紙上用鉛筆寫著：「你們活該！」

這時，弗雷德里克一夥人已停在風車周圍。動物們一邊窺視著他們，一邊惶恐不安地嘀咕起來，有兩個人拿著一根鋼桿子和一把大鐵錘，他們準備

拆掉風車。

「不可能！」拿破崙喊道，「我們已把牆築得那麼厚。他們休想在一星期內拆除。不要怕，同志們！」

但班傑明仍在急切地注視著那些人的活動。拿著鋼桿子和大鐵錘的兩個人，正在風車的地基附近打洞。最後，班傑明帶著幾乎是戲謔的神情，慢騰騰地吸了吸他那長長的嘴巴。

「我看是這樣，」他說，「你們沒看見他們在幹什麼嗎？過一會兒，他們就要往打好的洞裡裝炸藥。」

太可怕了。但此時此刻，動物們不敢冒險衝出窩棚，他們只好等待著。過了幾分鐘，眼看著那些人朝四下散開，接著，就是一聲震耳欲聾的爆炸聲。頓時，鴿子就立刻飛到空中，其它動物，除了拿破崙外，全都轉過臉去，猛地趴倒在地。他們起來後，風車上空飄蕩著一團巨大的黑色煙雲。微風慢慢吹散了煙雲：風車已蕩然無存！

看到這情景，動物們又重新鼓起勇氣。他們在片刻之前所感到的膽怯和恐懼，此刻便被這種可恥卑鄙的行為所激起的狂怒淹沒了。他們發出一陣強烈的復仇吶喊，不等下一步的命令，便一齊向敵人衝去。這一次，他們顧不上留意那如冰雹一般掃射而來的殘忍的子彈了。

這是一場殘酷、激烈的戰鬥。那幫人在不斷地射擊，等到動物們接近他們時，他們就又用棍棒和那沉重的靴子大打出手。一頭牛、三隻羊、兩隻鵝被殺害了，幾乎每個動物都受了傷。就連一直在後面指揮作戰的拿破崙也被子彈削去了尾巴尖。但人也並非沒有傷亡。三個人的頭被包克斯的蹄掌打破；另一個人的肚子被一頭牛的犄角刺破；還有一個人，褲子幾乎被傑西和藍鐘撕掉，給拿破崙作貼身警衛的那九條狗，奉他的命令在樹籬的遮掩下迂回過去，突然出現在敵人的側翼，兇猛地吼叫起來，把那幫人嚇壞了。他們發現有被包圍的危險，弗雷德里克趁退路未斷便喊他的同夥撤出去，不一會兒，那些貪生怕死的敵人便沒命似地逃了。動物們一直把他們追到莊園邊上，在他們從那片樹籬中擠出去時，還踢了他們最後幾下。

他們勝利了，但他們都已是疲憊不堪，鮮血淋漓。它們一痛一拐地朝莊園緩緩地走回。看到橫在草地上的同志們的屍體，有的動物悲傷得眼淚汪汪。他們在那個曾矗立著風車的地方肅穆地站了好長時間。的的確確，風車沒了；他們勞動的最後一點印跡幾乎也沒了！甚至地基也有一部分被炸毀，而且這一下，要想再建風車，也非同上一次可比了。上一次還可以利用剩下的石頭。可這一次連石頭也不見了。爆炸的威力把石頭拋到了幾百碼以外。好像這兒從未有過風車一樣。

當他們走近莊園，斯奎拉朝他們蹦蹦跳跳地走過來，他一直莫名其妙地沒有參加戰鬥，而此時卻高興得搖頭擺尾。就在這時，動物們聽到從莊園的窩棚那邊傳來祭典的鳴槍聲。

「幹嘛要開槍？」包克斯問。

「慶祝我們的勝利！」斯奎拉嚷道。

「什麼勝利？」包克斯問。他的膝蓋還在流血，又丟了一隻蹄鐵，蹄子也綻裂了，另外還有十二顆子彈擊中了他的後腿。

「什麼勝利？同志們，難道我們沒有從我們的領土上——從神聖的動物莊園的領土上趕跑敵人嗎？」

「他們毀了風車，而我們卻為建風車幹了兩年！」

「那有什麼？我們將另建一座。我們高興的話就建它六座風車。同志們，你們不了解，我們已經幹了一件多麼了不起的事。敵人曾佔領了我們腳下這塊土地。而現在呢，多虧拿破崙同志英勇的領導，我們又重新奪回了每一吋土地！」

「然而，我們奪回的只是我們本來就有的，」包克斯又說道。

「這就是我們的勝利，」斯奎拉說。

他們一瘸一拐地走進大院。包克斯腿皮下的子彈使他疼痛難忍。他知

道，擺在他面前的工作，將是一項從地基開始再建風車的沉重勞動，他還想像他自己已經為這項任務振作了起來。但是，他第一次想到，他已十一歲了。他那強壯的肌體也許是今非昔比了。

但當動物們看到那面綠旗在飄揚，聽到再次鳴槍——共響了七下，聽到拿破崙的講話，聽到他對他們的行動的祝賀，他們似乎覺得，歸根到底，他們取得了巨大的勝利。大家為在戰鬥中死難的動物安排了一個隆重的葬禮。包克斯和克拉薇拉著靈車，拿破崙親自走在隊列的前頭。

整整兩天用來舉行慶祝活動，有唱歌，有演講，還少不了鳴槍，每一個牲口都得了一個作為特殊紀念物的蘋果，每隻家禽得到了二盎司穀子，每條狗有三塊餅乾。有通知說，這場戰鬥將命名為「風車戰役」，拿破崙還設立了一個新動章「綠旗動章」，並授予了他自己。在這一片歡天喜地之中，那個不幸的鈔票事件也就被忘掉了。

慶祝活動過後幾天，豬偶然在莊主院的地下室裡，發現了一箱威士忌，這在他們剛住進這裡時沒注意到。當天晚上，從莊主院那邊傳出一陣響亮的歌聲，令動物們驚奇的是，中間還夾雜著「英格蘭之獸」的旋律。大約在九點半左右，只見拿破崙戴著一頂瓊斯先生的舊圓頂禮帽，從後門後來，在院子裡飛快地繞了一圈，又馬上出去不見了。但在第二天早晨，莊主院內卻是一片沉寂，看不到一頭豬走動，快到九點鐘時，斯奎拉出來了，遲緩而沮喪地走著，目光呆滯，尾巴無力地掉在身後，渾身上下病快快的。他把動物們叫到一起，說還要傳達一個沉痛的消息——拿破崙同志病危！

一陣哀嚎油然而起。莊主院門外鋪著草甸，於是，動物們踮著蹄尖從那兒走過。他們眼中含著熱淚，相互之間總是詢問：要是他們的領袖拿破崙離開了，他們可該怎麼辦。莊園裡此刻到處都在風傳，說雪球最終還是設法把毒藥摻到拿破崙的食物中了。十一點，斯奎拉出來發佈另一項公告，說是拿破崙同志在彌留之際宣佈了一項神聖的法令——飲酒者要處死刑。

可是到了傍晚，拿破崙顯得有些好轉，次日早上，斯奎拉就告訴他們說拿破崙正在順利康復。即日夜晚，拿破崙又重新開始工作了。又過了一天，動物們才知道，他早先讓溫普爾在威靈頓買了一些有關蒸餾及釀造酒類方面的小冊子。一周後，拿破崙下令，叫把蘋果園那邊的小牧場耕鋤掉。那牧場原先是打算為退休動物留作草場用的，現在卻說牧草已耗盡，需要重新耕種；但不久以後便真相大白了，拿破崙準備在那兒播種大麥。

大概就在這時，發生了一件奇怪的事情，幾乎每個動物都百思不得其解。這事發生在一天夜裡十二點鐘左右，當時，院子裡傳來一聲巨大的跌撞聲，動物們都立刻衝出窩棚去看。那個夜晚月光皎潔，在大穀倉一頭寫著「七誡」的牆角下，橫著一架斷為兩截的梯子。

斯奎拉平躺在梯子邊上，一時昏迷不醒。他手邊有一盞馬燈，一把漆刷子，一隻打翻的白漆桶。狗當即就把斯奎拉圍了起來，待他剛剛蘇醒過來，馬上就護送他回到了莊主院。除了班傑明以外，動物們都想不通這是怎麼回事。班傑明嗷了嗷他那長嘴巴，露出一副會意了的神情，似乎看出點眉目來了，但卻啥也沒說。

但是幾天後，穆麗自己在看到七誡時注意到，又有另外一條誡律動物們都記錯了，他們本來以為，第五條誡律是「任何動物不得飲酒」，但有兩個字他們都忘了，實際上那條誡律是「任何動物不得飲酒過度」。

第九章

美好口號與現實的距離……

包克斯蹄掌上的裂口過了很長時間才痊癒。慶祝活動結束後第二天，動物們就開始第三次建造風車了。對此，包克斯哪裡肯閑著，他一天不幹活都不行，於是就忍住傷痛不讓他們有所察覺。

到了晚上他悄悄告訴克拉薇，他的掌子疼得厲害。克拉薇就用嘴巴嚼著草藥給他敷上。她和班傑明一起懇求包克斯幹活輕一點。她對他說：「馬肺又不能永保不衰。」但包克斯不聽，他說，他剩下的唯一一個心願就是在他到退休年齡之前，能看到風車建設順利進行。

想當初，當動物莊園初次制定律法時，退休年齡分別規定為：馬和豬十二歲，牛十四歲，狗九歲，羊七歲，雞和鵝五歲，還允諾要發給充足的養老津貼。雖然至今還沒有一個動物真正領過養老津貼，但近來這個話題討論得越來越多了。眼下，因為蘋果園那邊的那塊小牧場已被留作大麥田，就又有小道消息說大牧場的一個角落要圍起來給退休動物留作牧場用。

據說，每匹馬的養老津貼是每天五磅穀子，到冬天是每天十五磅乾草，

公共節假日裡還發給一根胡蘿蔔，或者儘量給一個蘋果。包克斯的十二歲生日就在來年的夏末。

這個時期的生活十分艱苦。冬天象去年一樣冷，食物也更少了。除了那些豬和狗以外，所有動物的飼料糧再次減少。斯奎拉解釋說，在定量上過於教條的平等是違背動物主義原則的。不論在什麼情況下，他都毫不費力地向其他動物證明，無論表面現象是什麼，他們事實上並不缺糧。

當然，暫時有必要調整一下供應量（斯奎拉總說這是「調整」，從不認先是「減少」）。但與瓊斯時代相比，進步是巨大的。為了向大家詳細說明這一點，斯奎拉用他那尖細的嗓音一口氣念了一大串數字。這些數字反映出，和瓊斯時代相比，他們現在有了更多的燕麥、乾草、蘿蔔，工作的時間更短，飲用的水質更好，壽命延長了，年輕一代的存活率提高了，窩棚裡有了更多的草墊，而且跳蚤少多了。

動物們對他所說的每句話幾乎都是信以為真。說實話，在他們的記憶

中，瓊斯及他所代表的一切幾乎已經完全淡忘了。他們知道，近來的生活窘困而艱難，常常是饑寒交迫，醒著的時候就是幹活，但毫無疑問，過去更糟糕。他們情願相信這些。再說，那時他們是奴隸，現在卻享有自由。誠如斯奎拉那句總是掛在嘴上的話所說，這一點使一切都有了「天壤之別」。

現在有更多的嘴要吃飯。這天，四頭母豬差不多同時都下小崽，共有三十一頭。他們生下來就帶著黑白條斑。誰是他們的父親呢？這並不難推測，因為拿破崙是莊園裡唯一的種豬。

有通告說，過些時候，等買好了磚頭和木材，就在莊主院花園裡為他們蓋一間學堂。目前，暫時由拿破崙在莊主院的廚房裡親自給他們上課。這些小豬平常是在花園裡活動，而且不許他們和其他年幼的動物一起玩耍。大約與此同時，又頒佈了一項規定，規定說當其他的動物在路上遇到豬時，他們就必須要站到路邊；另外，所有的豬，不論地位高低，均享有星期天在尾巴上戴飾帶的特權。

莊園度過了相當順利的一年，但是，他們的錢還是不夠用。建學堂用的磚頭、沙子、石灰和風車用的機器得花錢去買。莊主院需要的燈油和蠟燭，拿破崙食用的糖（他禁止其他豬吃糖，原因是吃糖會使他們發胖），也得花錢去買。再加上所有日用的勤雜品，諸如工具、釘子、繩子、煤、鐵絲、鐵塊和狗食餅乾等等，開銷不小。為此，又得重新攢錢。剩餘的乾草和部分土豆收成已經賣掉，雞蛋合約又增加到每週六百個。

因此在這一年中，孵出的小雞連起碼的數目都不夠，雞群幾乎沒法維持在過去的數目水準上。十二月份已經減少的口糧，二月份又削減了一次，為了省油，窩棚裡也禁止點燈。但是，豬好像倒很舒服，而且事實上，即使有上述情況存在，他們的體重仍有增加。

二月末的一個下午，有一股動物們以前從沒有聞到過的新鮮、濃郁、令他們饞涎欲滴的香味，從廚房那一邊小釀造房裡飄過院子來，那間小釀造房在瓊斯時期就已棄置不用了。有動物說，這是蒸煮大麥的味道。他們貪婪地

嗅著香氣，心裡都在暗自地猜測：這是不是在為大夥兒的晚餐準備熱乎乎地大麥的麥糊。

但是，晚飯時並沒有見到熱乎乎的大麥糊糊。而且在隨後的那個星期天，又宣布了一個通告，說是從今往後，所有的大麥要貯存給豬用。而在此之前，蘋果園那邊的田裡就早已種上了大麥。不久，又傳出這樣一個消息，說是現在每頭豬每天都要領用一品脫啤酒，拿破崙則獨自領用半磅，通常都是盛在德貝郡出產的瓷製的帶蓋湯碗裡。

但是，不管受了什麼氣，不管日子多麼難熬，只要一想到他們現在活得比從前體面，他們也就覺得還可以說得過去。現在歌聲多，演講多，活動多。拿破崙已經指示，每週應當舉行一次叫做「自發遊行」的活動，目的在於慶祝動物莊園的奮鬥成果和興旺景象。

每到既定時刻，動物們便紛紛放下工作，列隊繞著莊園的邊界遊行，豬帶頭，然後是馬、牛、羊，接著是家禽。狗在隊伍兩側，拿破崙的黑公雞走

在隊伍的最前頭。包克斯和克拉薇還總要扯著一面綠旗，旗上標著蹄掌和犄角，以及「拿破崙同志萬歲！」的標語。

遊行之後，是背誦讚頌拿破崙的詩的活動，接著是演講，由斯奎拉報告飼料增產的最新資料。而且不時還要鳴槍慶賀。羊對「自發遊行」活動最為熱心，如果哪個動物抱怨（個別動物有時趁豬和狗不在場就會發牢騷）說這是浪費時間，只不過意味著老是站在那裡受凍，羊就肯定會起響亮地叫起「四條腿號，兩條腿壞」，頓時就叫得他們啞口無言。

但大體上說，動物們搞這些慶祝活動還是興致勃勃的。歸根到底，他們發現正是在這些活動中，他們才感到他們真正是當家做主了，所做的一切都是在為自己謀福利，想到這些，他們也就心滿意足。因而，在歌聲中，在遊戲中，在斯奎拉列舉的數字中，在鳴槍聲中，在黑公雞的啼叫聲中，在綠旗的飄揚中，他們就可以至少在部分時間裡忘卻他們的肚子還是空蕩蕩的。

四月份，動物莊園宣告成為「動物共和國」，在所難免的是要選舉一位總統，可候選人只有一個，就是拿破崙，他被一致推舉就任總統。

同一天，又公佈了有關雪球和瓊斯串通一氣的新證據，其中涉及到很多詳細情況。這樣，現在看來，雪球不僅詭計多端地破壞「牛棚大戰」，這一點動物們以前已有印象了，而且是公開地為瓊斯作幫兇。事實上，正是他充當了那夥人的元兇，他在參加混戰之前，還高喊過「人類萬歲！」有些動物仍記得雪球背上帶了傷，但那實際上是拿破崙親自咬的。

仲夏時節，烏鴉摩西在失蹤數年之後，突然又回到莊園。他幾乎沒有什麼變化，照舊不幹活，照舊口口聲聲地講著「蜜糖山」的老一套。誰要是願意聽，他就拍打著黑翅膀飛到一根樹樁上，滔滔不絕地講起來：「在那裡，同志們，」他一本正經地講著，並用大嘴巴指著天空——「在那裡，就在你們看到的那團烏雲那邊——那兒有座『蜜糖山』。那個幸福的國度將是我們可憐的動物擺脫了塵世之後的歸宿！」他甚至聲稱曾在一次高空飛行中到過

那裡，並看到了那裡一望無際的苜蓿地，亞麻子餅和方糖就長在樹籬上。

很多動物相信了他的話。他們推想，他們現在生活在饑餓和勞累之中，那麼換一種情形，難道就不該合情合理地有一個好得多的世界嗎？難以談判的是豬對待摩西的態度，他們都輕蔑地稱他那些「蜜糖山」的說法全是謊言，可是仍然允許他留在莊園，允許他不幹活，每天還給他——吉爾的啤酒作為補貼。

包克斯的蹄掌痊癒之後，他幹活就更拼命了。其實，在這一年，所有的動物幹起活來都像奴隸一般。莊園裡除了那些常見的活和第三次建造風車的事之外，還要給年幼的豬蓋學堂，這一工程是在三月份動工的。有時，在食不果腹的情況下長時間勞動是難以忍受的，但包克斯從未退縮過。他的一言一行沒有任何跡象表明他的幹勁不如過去，只是外貌上有點小小的變化：他的皮毛沒有以前那麼光亮，粗壯的腰部似乎也有點萎縮。別的動物說：「等春草長上來時，包克斯就會慢慢恢復過來！」。

但是，春天來了，包克斯卻並沒有長胖。有時，當他在通往礦頂的坡上，用盡全身氣力頂著那些巨型圓石頭的重荷的時候，撐持他的力量彷彿唯有不懈的意志了。這種時候，他總是一聲不吭，但猛地看上去，似乎還隱約見到他口中念念有詞「我要更加努力工作」。克拉薇和班傑明又一次警告他，要當心身體，但包克斯不予理會。他的十二歲生日臨近了，但他沒有放在心上，而一心一意想的只是在領取養老津貼之前把石頭攢夠。

夏天的一個傍晚，快到天黑的時候，有個突如其來的消息傳遍整個莊園，說包克斯出了什麼事。在這之前，他曾獨自外出，往風車那裡拉了一車石頭。果然，消息是真的。幾分鐘後兩隻鴿子急速飛過來，帶來消息說：「包克斯倒下去了！他現在正側著身體躺在那裡，站不起來了！」

莊園裡大約有一半動物衝了出去，趕到建風車的小山墩上。包克斯就躺在那裡。他在車轅中間伸著脖子，連頭也抬不起來，眼睛眨巴著，兩肋的毛

被汗水粘得一團一團的，嘴裡流出一股稀稀的鮮血。克拉薇則是跪倒在他的身邊。

「包克斯！」她呼喊道，「你怎麼啦？」

「我的肺，」包克斯用微弱的聲音說，「沒關係，我想沒有我你們也能建成風車，備用的石頭已經積攢夠了。我充其量只有一個月時間了。不瞞你說，我一直盼望著退休。眼看班傑明年老了，說不定他們會讓他同時退休，和我作個伴。」

「我們會得到幫助的，」克拉薇叫道，「快，誰跑去告訴斯奎拉出事啦。」其他動物全都立即跑回莊主院，向斯奎拉報告這一消息，只有克拉薇和班傑明留下來。班傑明躺在包克斯旁邊，不聲不響地用他的長尾巴給包克斯趕蒼蠅。

大約過了一刻鐘，斯奎拉滿懷同情和關切趕到現場。他說拿破崙同志已得知此事，對莊園裡這樣一位最忠誠的成員發生這種不幸感到十分悲傷，而且已在安排把包克斯送往威靈頓的醫院治療。

一群動物們對此感到有些不安，因為除了莫麗和雪球之外，其他動物從未離開過莊園，他們不願想到把一位患病的同志交給人類。然而，斯奎拉毫不費力地說服了他們，他說在威靈頓的獸醫院比在莊園裡能更好地治療包克斯的病。大約過了半小時，包克斯有些好轉了，他好不容易才站起來，一步一顫地回到他的廄棚，裡面已經由克拉薇和班傑明給他準備了一個舒適的稻草床。

此後兩天裡，包克斯就待在他的廄棚裡。豬送來了一大瓶紅色的藥，那是他們在衛生間的藥櫃裡發現的，由克拉薇在飯後給包克斯服用，每天用藥兩次。晚上，她躺在他的棚子裡和他聊天，班傑明給他趕蒼蠅。包克斯聲言對所發生的事並不後悔。如果他能徹底康復，他還希望自己能再活上三年。他盼望著能在大牧場的一個角落平平靜靜地住上一陣。那樣的話，他就能第

一次騰出空來學習，以增長才智。他說，他打算利用全部餘生去學習字母表上還剩下的二十二個字母。

然而，班傑明和克拉薇只有在收工之後才能和包克斯在一起。而正是那一天中午，有一輛車來了，拉走了包克斯。當時，動物們正在一頭豬的監視下忙著在蘿蔔地裡除草，忽然，他們驚訝地看著班傑明從莊園窩棚那邊飛奔而來，一邊還扯著嗓子大叫著。

這是他們第一次見到班傑明如此激動，事實上，也是第一次看到他奔跑。「快，快！」他大聲喊著，「快來呀！他們要拉走包克斯！」沒等豬下命令，動物們全都放下活計，迅速跑回去了。果然，院子裡停著一輛大篷車，由兩匹馬拉著，車邊上寫著字，駕車人的位置上坐著一個男人，陰沉著臉，頭戴一頂低簷圓禮帽。包克斯的棚子空著。

動物們圍住車，異口同聲地說：「再見，包克斯！再見！」

「笨蛋！傻瓜！」班傑明喊著，繞著他們一邊跳，一邊用他的小蹄掌敲

打著地面：「傻瓜！你們沒看見車邊上寫著什麼嗎？」

這下子，動物們猶豫了，場面也靜了下來。穆麗開始拼讀那些字。可班傑明卻把她推到了一邊，他自己就在死一般的寂靜中念到：

「威靈頓，艾夫列；西蒙茲，屠馬商兼煮膠商，皮革商兼供應狗食的骨粉商。』你們不明白這是什麼意思嗎？他們要把包克斯拉到宰馬場去！」

聽到這些，所有的動物都突然迸發出一陣恐懼的哭嚎。就在這時，坐在車上的那個人揚鞭催馬，馬車在一溜小跑中離開大院。所有的動物都跟在後面，拼命地叫喊著。克拉薇硬擠到最前面。

這時，馬車開始加速，克拉薇也試圖加快她那粗壯的四肢趕上去，並且越跑越快，「包克斯！」她哭喊道，「包克斯！包克斯！包克斯！」恰在這時，好像包克斯聽到了外面的喧囂聲，他的面孔，帶著一道直通鼻子的白毛，出現在車後的小窗子裡。

「包克斯！」克拉薇淒厲地哭喊道，「包克斯！出來！快出來！他們要

送你去死！」

所有的動物一齊跟著哭喊起來，「出來，包克斯，快出來！」但馬車已經加速，離他們越來越遠了。說不準包克斯到底是不是聽清了克拉薇喊的那些話。但不一會，他的臉從窗上消失了，接著車內響起一陣巨大的馬蹄踢蹬聲。他是在試圖踹開車子出來。按說只要幾下，包克斯就能把車廂踢個粉碎。可是天啊！時過境遷，他已沒有力氣起了；一忽兒，馬蹄的踢蹬聲漸漸變弱直至消失了。奮不顧身的動物便開始懇求拉車的兩匹馬停下來，「朋友，朋友！」他們大聲呼喊，「別把你們的親兄弟拉去送死！」

但是，那兩匹愚蠢的畜牲，竟然傻得不知道這是怎麼回事，只管豎起耳朵加速奔跑。包克斯的面孔再也沒有出現在窗子上。有的動物想跑到前面關上大柵門，但是太晚了，一瞬間，馬車就已衝出大門，飛快地消失在大路上。再也見不到包克斯了。

三天之後，據說他已死在威靈頓的醫院裡，但是，作為一匹馬，他已經得到了無微不至的照顧。這個消息是由斯奎拉當眾宣佈的，他說，在包克斯生前的最後幾小時裡，他一直守候在場。

「那是我見到過的最受感動的場面！」他一邊說，一邊抬起蹄子抹去一滴淚水，「在最後一刻我守在他床邊。臨終前，他幾乎衰弱得說不出話來，他湊在我的耳邊輕聲說，他唯一遺憾的是在風車建成之前死去。他低聲說：『同志們，前進！以起義的名義前進，動物莊園萬歲！拿破崙同志萬歲！拿破崙永遠正確。』同志們，這些就是他的臨終遺言。」

講到這裡，斯奎拉忽然變了臉色，他沉默一會，用他那雙小眼睛射出的疑神疑鬼的目光掃視了一下會場，才繼續講下去——

他說，據他所知，包克斯給拉走後，莊園上流傳著一個愚蠢的、不懷好意的謠言。有的動物注意到，拉走包克斯的馬車上有「屠馬商」的標記，就

信口開河地說，包克斯被送到宰馬場了。他說，幾乎難以置信竟有這麼傻的動物。他擺著尾巴左右蹦跳著，憤憤地責問，從這一點來看，他們真的很瞭解敬愛的領袖拿破崙同志嗎？其實，答案十分簡單，那輛車以前曾歸一個屠馬商所有，但獸醫院已買下了它，不過他們還沒有來得及把舊名字塗掉。正是因為這一點，才引起大家的誤會。

動物們聽到這裡，都大大地鬆了一口氣。接著斯奎拉繼續繪聲繪色地描述著包克斯的靈床和他所受到的優待，還有拿破崙為他不惜一切代價購置的貴重藥品等等細節。於是他們打消了最後一絲疑慮，想到他們的同志在幸福中死去，他們的悲哀也消解了。

在接下來那個星期天早晨的會議上，拿破崙親自到會，為向包克斯致敬宣讀了一篇簡短的悼辭。他說，已經不可能把他們亡故的同志的遺體拉回來並埋葬在莊園裡了。但他已指示，用莊主院花園裡的月桂花做一個大花圈，

送到包克斯的墓前。並且，幾天之後，豬還打算為向包克斯致哀舉行一追悼宴會。最後，拿破崙以「我要更加努力工作」和「拿破崙同志永遠正確」這兩句包克斯心愛的格言結束了他的講話。在提到這兩句格言時，他說，每個動物都應該把這兩句格言作為自己的借鑑，並認真地貫徹到實際行動中去。

到了確定為宴會的那一天，一輛雜貨商的馬車從威靈頓駛來，在莊主院交付了一隻大木箱。當天晚上，莊主院裡傳來一陣鼓噪的歌聲，在此之後，又響起了另外一種聲音，聽上去像是在激烈地吵鬧，這吵鬧聲直到十一點左右的時候，在一陣打碎了玻璃的巨響聲中才靜了下來。

直到第二天中午之前，莊主院不見任何動靜。同時，又流傳著這樣一個小道消息，說豬先前不知從哪裡搞到了一筆錢，並給他們自己又買了一箱威士忌。

第十章

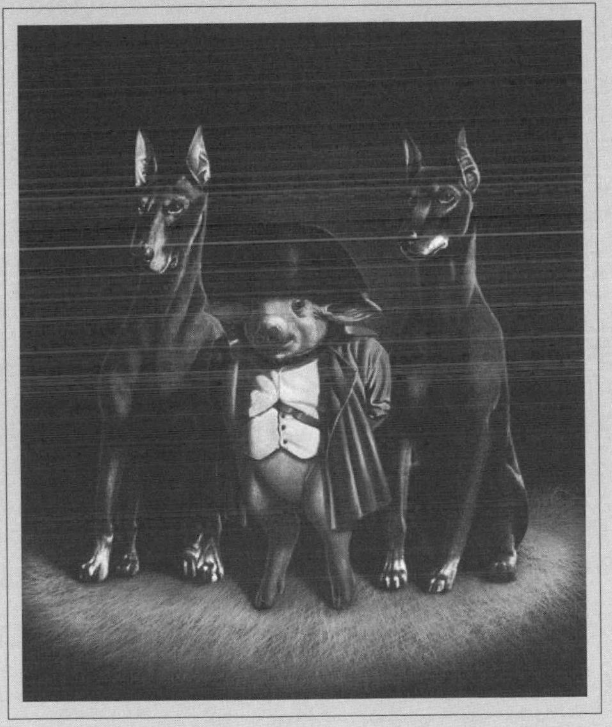

他們已分不出誰是豬、誰是人了……

春去秋來，年復一年。隨著歲月的流逝，壽命較短的動物都已相繼死去。眼下，除了克拉薇、班傑明、烏鴉摩西和一些豬之外，已經沒有一個能記得起義前的日子了。

穆麗死了，藍鐘、傑西、平哲爾都死了。瓊斯也死了，他死在國內其他一個地方的一個酒鬼家裡。雪球被忘掉了。包克斯也被忘掉了，所不同的是，唯有幾個本來就相識的動物還記得。克拉薇如今也老了，她身體肥胖，關節僵硬，眼裡總帶著一團眼屎。按退休年齡來說，她的年齡已超過兩年了，但實際上，從未有一個動物真正退休。撥出大牧場一個角落給退休動物享用的話題也早就擱到一邊了。如今的拿破崙已是一頭完全成熟的雄豬，體重三百多磅。斯奎拉胖得連睜眼往外看都似乎感到困難。只有老班傑明，幾乎和過去一個樣，就是鼻子和嘴周圍有點發灰，再有一點，自從包克斯死去後，他比以前更加孤僻和沉默寡言。

現在，莊園裡的牲口比以前多得多了，儘管增長的數目不像早些年所預

見的那麼大。很多動物生在莊園，還有一些則來自別的地方。對於那些出生在莊園的動物來說，起義只不過是一個朦朦朧朧的口頭上的傳說而已；而對那些來自外鄉的動物來說，他們在來到莊園之前，還從未聽說過起義的事。現在的莊園，除了克拉薇之外，另外還有三匹馬，他們都是好同志，都很了不起，也都十分溫順，可惜反應都很慢。看起來，他們中間沒有一個能學會字母表上「B」以後的字母。對於有關起義和動物主義原則的事，凡是他們能聽到的，他們都毫無保留地全盤接受，尤其是對出自克拉薇之口的更是如此。他們對克拉薇的尊敬，已近乎於孝順。但是，他們究竟是不是能弄通這些道理，仍然值得懷疑。

現在的莊園更是欣欣向榮，也更是井然有序了。莊園裡增加了兩塊地，這兩塊地是從比爾金頓先生那裡買來的。風車最終還是成功地建成了，莊園裡也有了自己的一台打穀機及載草料升降機。

另外，還加蓋了許多種類不一的新建築。溫普爾也為自己買了一輛雙輪單駕馬車。不過，風車最終沒有用來發電，而是用來磨穀子啦，並且為莊園創收了數目可觀的利潤。如今，動物們又為建造另一座風車而辛勤勞作，據說，等這一座建成了，就要安裝上發電機。但是，當年談論風車時，雪球引導動物們所想像的那種享受不盡的舒適，那種帶電燈和冷熱水的窩棚，那種每週三天工作制，如今不再談論了。拿破崙早就斥責說，這些想法是與動物主義的精神背道而馳的。他說，最純粹的幸福在於工作勤奮和生活儉樸。

不知道為什麼，反正看上去，莊園似乎已經變得富裕了，但動物們自己一點沒有變富，當然豬和狗要排除在外。也許，其中的部分原因是由於豬和狗都多吧。處在他們這一等級的動物，都是用他們自己的方式從事勞動。正像斯奎拉樂於解釋的那樣，在莊園的監督和組織工作中，有很多沒完沒了的事，在這類事情中，有大量工作是其它動物由於無知而無法理解的。

例如，「斯奎拉告訴他們說，豬每天要耗費大量的精力，用來處理所謂

「文件」、「報告」、「會議記錄」和「備忘錄」等等神秘的事宜。這類檔數量很大，還必須仔細填寫，而且一旦填寫完畢，又得把它們在爐子裡燒掉。斯奎拉說，這是為了莊園的幸福所做的最重要的工作。但是至今為止，無論是豬還是狗，都還沒有親自生產過一粒糧食，而他們仍然為數眾多，他們的食欲還總是十分旺盛。

至於其它動物，迄今就他們所知，他們的生活還是一如既往。他們普遍都在挨餓，睡的是草墊，喝的是池塘裡的水，幹的是田間裡的活，冬天被寒冷所困，夏天又換成了蒼蠅。有時，他們中間的年長者絞盡腦汁，竭盡全力從那些淡漠的印象中搜索著回憶的線索，他們試圖以此來推定起義後的早期，剛趕走瓊斯那會，情況是比現在好呢還是糟，但他們都記不得了。

沒有一件事情可以用來和現在的生活做比較，除了斯奎拉的一系列數字以外，他們沒有任何憑據用來比較，而斯奎拉的數字總是千篇一律地表明，

所有的事正變得越來越好。動物們發現這個問題解釋不清，不管怎麼說，他們現在很少有時間去思索這類事情。

唯有老班傑明與眾不同，他自稱對自己那漫長的一生中的每個細節都記憶猶新，還說他認識到事物過去沒有，將來也不會有什麼更好或更糟之分。因此他說，饑餓、艱難、失望的現實，是生活不可改變的規律。

不過，動物們仍然沒有放棄希望。確切地說，他們身為動物莊園的一員，從來沒有失去自己的榮譽感和優越感，哪怕是一瞬間也沒有過。他們的莊園依然是整個國家——所有英倫三島中——唯一的歸動物所有、並由動物管理的莊園。他們中間的成員，就連最年輕的，甚至還有那些來自十英里或二十英里以外莊園的新成員，每每想到這一點，都無不感到驚喜交加。

當他們聽到鳴槍，看到旗杆上的綠旗飄揚飛舞著，他們內心就充滿了不朽的自豪，話題一轉，也就時常提起那史詩般的過去，以及驅除瓊斯、刻寫「七誡」、擊退人類來犯者的偉大戰鬥等等。那些舊日的夢想一個也沒有丟

棄。想當年梅傑預言過的「動物共和國」，和那個英格蘭的綠色田野上不再有人類足跡踐踏的時代，至今依然是他們信仰所在。

他們依然相信：總有一天，那個時代會到來，也許它不會在任何現在健在的動物的有生之年到來，但它終究要到來。而且至今，說不定就連「英格蘭之獸」的曲子還在被到處偷偷得哼唱著，反正事實上，莊園裡的每個動物都知道它，儘管誰也不敢放聲大唱。也許，他們生活艱難；也許，他們的希望並沒有全部實現，但他們很清楚——他們和別的動物不一樣。如果他們還沒有吃飽，那麼也不是因為把食物拿去餵了暴虐的人類；如果他們幹活苦了，那麼至少他們是在為自己辛勞。在他們中間，誰也不用兩條腿走路，誰也不把誰稱做「老爺」，所有動物一律平等。

初夏的一天，斯奎拉讓羊跟著他出去，他把他們領到莊園的另一頭，那地方是一塊長滿樺樹苗的荒地。在斯奎拉的監督下，羊在那裡吃了整整一天樹葉子，到了晚上，斯奎拉告訴羊說，既然天氣暖和了，他們就待在那兒算

了。然後，他自己返回了莊主院。羊在那裡待了整整一個星期。在這期間，別的動物連他們的一絲影子也沒見著。斯奎拉每天倒是耗費大量時間和他們泡在一起。他解釋說，他止在給他們教唱一首新歌，因此十分需要清靜。

那是一個爽朗的傍晚，羊回來了。當時，動物們才剛剛收工，正走在回窩棚的路上。突然，從大院裡傳來了一聲馬的悲鳴，動物們嚇了一跳，全都立即停下腳步。是克拉薇的聲音，她又嘶叫起來。於是，所有的動物全都奔跑著衝進了大院。這一下，他們看到了克拉薇看到的情景——

是一頭豬在用後腿走路。

是的，是斯奎拉。他還有點笨拙好像還不大習慣用這種姿勢支撐他那巨大的身體，但他卻能以熟練的平衡，在院子裡散步了。不大一會，從莊主院門裡又走出一長隊豬，都用後腿在行走。他們走到好壞不一，有一兩頭豬還有點不穩當，看上去好像他們本來更適於找一根棍子支撐著。不過，每頭豬都繞著院子走得相當成功。最後，在一陣非常響亮的狗叫聲和那隻黑公雞尖

細的啼叫聲中，拿破崙親自走出來了，他大模大樣地直立著，眼睛四下裡輕慢地瞥了一下。他的狗則活蹦亂跳地簇擁再他的周圍。

他蹄子中捏著一根鞭子。

一陣死一般的寂靜。驚訝、恐懼的動物們擠在一堆，看著那一長溜豬慢慢地繞著院子行走。彷彿這世界已經完全顛倒了。接著，當他們從這場震驚中緩過一點勁的時候，有那麼一瞬間，他們顧不上顧慮任何事——顧不上他們對狗的害怕，顧不上他們多少年來養成的，無論發生什麼事，他們也從來不抱怨、從批評的習慣——他們馬上要大聲抗議了，但就在這時，像是被一個信號激了一下一樣，所有的羊爆發出一陣巨大的咩咩聲——

「四條腿好，兩條腿更好！四條腿好，兩條腿更好！四條腿好，兩條腿更好！」

喊叫聲不間歇地持續了五分鐘。等羊安靜下來後，已經錯過了任何抗議的機會了，因為豬已列隊走回莊主院。

班傑明感覺到有一個鼻子在他肩上磨蹭。回頭一看，是克拉薇。只見她那一雙衰勞的眼睛比以往更加灰暗。她沒說一句話，輕輕地拽他的鬃毛，領著他轉到大穀倉那一頭，那兒是寫著「七誡」的地方。他們站在那裡注視著有白色字體的柏油牆，足有一兩分鐘。

「我的眼睛不行了，」她終於說話了，「就是年輕時，我也認不得那上面所寫的東西。可是今天，怎麼我看這面牆不同以前了。『七誡』還是過去那樣嗎？班傑明？」

只有這一次，班傑明答應破個例，他把牆上寫的東西念給她聽，而今那上面已經沒有別的什麼了，只有一條誡律，它是這樣寫的：

所有動物一律平等

但有些動物比其他動物更加平等

從此以後，似乎不再有什麼可稀奇的了：第二天所有的豬在莊園監督幹活時蹄子上都捏著一根鞭子，算不得稀奇；豬給他們自己買一台無線電收音機，並正在準備安裝一部電話，算不得稀奇；得知他們已經訂閱了《約翰牛報》、《珍聞報》及《每日鏡報》，算不得稀奇；看到拿破崙在莊主院花園裡散步時，嘴裡含著一根菸斗，也算不得稀奇。

是的，不必再大驚小怪了。哪怕豬把瓊斯先生的衣服從衣櫃裡拿出來穿在身上也沒有什麼。如今，拿破崙已經親自穿上了一件黑外套和一條特製的馬褲，還綁上了皮綁腿，同時，他心愛的母豬則穿上一件波紋綢裙子，那裙子是瓊斯夫人過去常在星期天穿的。

一周之後的一天下午，一位兩輪單駕馬車駛進莊園。一個由鄰近莊園主組成的代表團，已接受邀請來此進行考查觀光。他們參觀了整個莊園，並對他們看到的每件事都讚不絕口，尤其是對風車。那時，動物們正在蘿蔔地裡

除草，他們幹得細心認真，很少揚起臉，搞不清他們是對豬更害怕呢，還是對來參觀的人更害怕。

那天晚上，從莊主院裡傳來一陣陣哄笑聲和歌聲。動物們突然被這混雜的聲音吸引住了。他們感到好奇的是，既然這是動物和人第一次在平等關係下濟濟一堂，那麼在那裡會發生什麼事呢？於是他們便不約而同地，儘量不出一點聲音地往莊主院的花園裡爬去。

到了門口，他們又停住了，大概是因為害怕而不敢再往前走，但克拉薇帶頭進去了，他們踮著蹄子，走到房子跟前，那些個頭很高的動物就從餐廳的窗戶上往裡面看。屋子裡面，在那張長長的桌子周圍，坐著六個莊園主和六頭最有名望的豬，拿破崙自己坐在桌子上首的東道主席位上，豬在椅子上顯出一副舒適自在的樣子。賓主一直都在津津有味地玩撲克牌，但是在中間停了一會，顯然是為了準備乾杯。有一個很大的罐子在他們中間傳來傳去，杯子裡又添滿了啤酒。他們都沒注意到窗戶上有很多詫異的面孔正在凝視著

裡面。

福克斯伍德莊園的比爾金頓先生舉著杯子站了起來。他說道，稍等片刻，他要請在場的諸位乾杯。在此之前，他感到有幾句話得先講一下。

他說，他相信，他還有其他在場的各位都感到十分喜悅的是，持續已久的猜疑和誤解時代已經結束了。曾有這樣一個時期，無論是他自己，還是在座的諸君，都沒有今天這種感受，當時，可敬的動物莊園的所有者，曾受到他們的人類鄰居的關注，他情願說這關注多半是出於一定程度上的焦慮，而不是帶著敵意。不幸的事件曾發生過，錯誤的觀念也曾流行過。

一個由豬所有並由豬管理經營的莊園也曾讓人覺得有些名不正言不順，而且有容易給鄰近莊園帶來擾亂因素的可能。相當多的莊園主沒有做適當的調查就信口推斷說，在這樣的莊園裡，肯定會有一種放蕩不羈的歪風邪氣在到處蔓延。他們擔心這種狀況會影響到他們自己的動物，甚至影響他們的雇員。但現在，所有這種懷疑都已煙消雲散了。

今天，他和他的朋友們拜訪了動物莊園，用他們自己的眼睛觀察了莊園的每一個角落。他們發現了什麼呢？這裡不僅有最先進的方法，而且紀律嚴明，有條不紊，這應該是各地莊園主學習的榜樣。他相信，他有把握說，動物莊園的下級動物，比全國任何動物幹的活都多，吃的飯都少。的確，他和他的代表團成員今天看到了很多有特色之處，他們準備立即把這些東西引進到他們各自的莊園中去。

他說，他願在結束發言的時候，再次重申動物莊園及其鄰居之間已經建立的和應該建立的友好感情。在豬和人之間不存在，也不應該存在任何意義上的利害衝突。他們的奮鬥目標和遇到的困難是一致的。勞工問題不是到處都相同嘛？

講到這裡，顯然，比爾金頓先生想突然講出一句經過仔細琢磨的妙語，但他好一會兒樂不可支，講不出話來，他竭力抑制住，下巴都憋得發紫了，最後才蹦出一句：「如果你們有你們的下層動物在作對，」他說，「我們有

我們的低層階級人類在搞怪！」這一句意味雋永的話引起一陣哄堂大笑。比爾金頓先生再次為他在動物莊園看到的飼料供給少、勞動時間長，普遍沒有嬌生慣養的現象等等向豬表示祝賀。

他最後說道，到此為止，他要請各位站起來，實實在在地斟滿酒杯。「先生們，」比爾金頓先生在結束時說，「先生們，我敬你們一杯：為動物莊園的繁榮昌盛乾杯！」

一片熱烈的喝彩聲和跺腳聲響起。拿破崙頓時心花怒放，他離開座位，繞著桌子走向比爾金頓先生，和他碰了杯便喝乾了，喝采聲一靜下來，依然靠後腿站立著的拿破崙示意，他也有幾句話要講。

這個講話就象拿破崙所有的演講一樣，簡明扼要而又一針見血。他說，他也為那個誤解的時代的結束而感到高興。曾經有很長一個時期，流傳著這樣的謠言，他有理由認為，這些謠言是一些居心叵測的仇敵散佈的，說在他

和他的同僚的觀念中，有一種主張顛覆、甚至是從根本上屬於破壞性的東西。他們一直被看作是企圖煽動鄰近莊園的動物造反。

但是，事實是任何謠言都掩蓋不了的。他們唯一的願望，無論是在過去還是現在，都是與他們的鄰居和平共處，保持正常的貿易關係。他補充說，他有幸掌管的這個莊園是一家合營企業。他自己手中的那張地契，歸豬共同所有。

他說道，他相信任何舊的猜疑都不會繼續存在下去了。而最近對莊園的慣例又作了一些修正，會進一步增強這一信心。長期以來，莊園裡的動物還有一個頗為愚蠢的習慣，那就是互相以「同志」相稱。這要取消。還有一個怪僻，搞不清是怎麼來的，就是在每個星期天早上，要列隊走過花園裡一個釘在木樁上的雄豬頭蓋骨。這個也要取消。頭蓋骨已經埋了。

他的來訪者也許已經看到那面旗杆上飄揚著的綠旗。果然如此的話，他們或許已經注意到，過去旗面上畫著的白色蹄掌和犄角現在沒有了。從今以

後那面旗將是全綠的旗。

他說，比爾金頓先生的精采而友好的演講，他只有一點要作一補充修正。比爾金頓先生一直提到「動物莊園」，他當然不知道了，因為就連他拿破崙也只是第一次宣告，「動物莊園」這個名字作廢了。今後，莊園的名字將是「曼諾莊園」，他相信，這個名字才是它的真名和原名。

「尊敬的先生們，」他總結說，「我將給你們以同樣的祝辭，但要以不同的形式，請滿上這一杯。先生們，這就是我的祝辭：為曼諾莊園的繁榮昌盛乾杯！」

一陣同樣熱烈而真誠的喝采聲響起，酒也一飲而盡。但當外面的動物們目不轉睛地看著這一情景時，他們似乎看到了，有一些怪事正在發生。

豬的面孔上發生了什麼變化呢？克拉薇那一雙衰老昏花的眼睛掃過一個接一個面孔。他們有的有五個下巴，有的有四個，有的有三個，但是有什麼東西似乎正在融化消失，正在發生變化。接著，熱烈的掌聲結束了，他們又

拿起撲克牌，繼續剛才中斷的遊戲，外面的動物悄悄地離開了。

但他們還沒有走出二十碼，又突然停住了。莊主院傳出一陣吵鬧聲。他們跑回去，又一次透過窗子往裡面看。是的，裡面正在大吵大鬧。那情景，既有大喊大叫的，也有捶打桌子的；一邊是疑神疑鬼的銳利的目光，另一邊卻在咆哮著矢口否認。動亂的原因好像是因為拿破崙和比爾金頓先生同時打出了一張黑桃「A」。

十二個嗓門一齊在憤怒地狂叫著，但他們的聲音沒什麼分別！而今，不必再問豬的面孔上發生了什麼變化。外面的眾生靈從豬看到人，又從人看到豬，再從豬看到人；但他們已分不出誰是豬、誰是人了……

一九四三年11月～一九四四年2月

國家圖書館出版品預行編目資料

動物農莊／喬治・歐威爾（George Orwell）著
賈非凡譯 --初版 --新北市：新潮社文化事業有限
公司，2023.05
面；　公分
譯自：Animal farm
ISBN 978-986-316-877-5（平裝）

873.57　　　112004083

動物農莊

作　　者　喬治・歐威爾
譯　　者　賈非凡

【策　劃】林郁
【製作人】翁天培
【制　作】天蠍座文創
【出　版】新潮社文化事業有限公司
電話：(02) 8666-5711
傳真：(02) 8666-5833
E-mail：service@xcsbook.com.tw

【總經銷】創智文化有限公司
新北市土城區忠承路 89 號 6F（永寧科技園區）
電話：(02) 2268-3489
傳真：(02) 2269-6560

印前作業　菩薩蠻電腦科技有限公司

初　　版　2023 年 08 月